秘湯の巨乳三姉妹

魅惑の極上、

JN044993

マドンナメイト文庫

秘湯の巨乳三姉妹 魅惑の極上ボディ

鮎川りょう

目次
contents

第一章　瑞々しい裸体

1

谷村《たにむら》は東京から九州のＫ市に来ていた。Ｋ市は温泉地として有名だ。

だが、智司《ともじ》は観光で来ているわけではない。転勤である。

智司が勤める仲村《なかむら》酒造のＫ支店の社員が立てつづけて辞めてしまい、急遽《きゅうきょ》、本社から社員を送ることになったのだ。支店独自のウェブ担当の社員も辞めてしまい、営業ながらウェブも詳しい智司に白羽の矢が立ったのだ。

仲村酒造は大きな会社ではなく、ウェブ担当は兼務が多い。ホームページの管理くらいだ。

智司は東京生まれの東京育ち。大学も就職先も東京で、東京から出たことがなかった。三十にして、初の地方暮らしとなった。

「このビルだな」

繁華街から少し離れた場所にある八階建てのビルの前に立っていた。このビルの六階のワンフロアを仲村酒造のK支店が使っている。

今日は土曜日。会社は休みだ。昨日、引っ越し作業を終えて、今日は、あたらしい職場を見に来たのだ。月曜日、遅刻しては最悪だから、あらかじめ通勤ルートをたどってみた。借りたアパートから自転車で二十分。ちょうどいい運動になる。

ビルから女性が出てきた。立ち去ろうとしていた智司は思わず、その女性に見惚《みと》れた。

薄手のカーディガンにカットソー。下半身はジーンズ姿だった。漆黒の長い髪が似合う、なかなかの美形だ。長い髪がふわっと舞っている。

いい女だな。当たり前だが、K市にもいい女はいるんだな。あのビルに勤める女性だろうか。

まあ、そうだったとしても、なにもないけどな……。

その女性と目が合った。女性がじっと智司を見つめている。どうしたのだろうか。

智司がイケメンだったら、またか、と思うだけだろうが、残念ながらイケメンではない。それどころか、彼女いない歴年齢の人生を送っている。

女性はなおも智司を見つめつづけている。そして、こちらに向かいはじめた。

えっ。じっと見ていたのがまずかったのか。そんなに露骨に見ていたっけ。ちょっとまずいぞ。

近寄ってくる女性は、やはり美人だった。近寄るにつれ、美人度が上がってくる。

その女性が智司の正面で立ち止まった。

「谷村くんかしら」

「えっ……」

「谷村智司くんよね」

このいい女は誰だ。こんな美人の知り合いなんていない。そもそも、九州のK市には縁もゆかりもないのだ。でも、相手は智司の名前を知っている。

「沢口《さわぐち》です。支店長の沢口瑠璃《るり》です」

「えっ、沢口支店長っ……ですかっ」

K支店の支店長は女性だとは聞いていた。プロフィールの写真も見ていた。プロフィールでは、沢口瑠璃は黒縁の眼鏡をかけていた。目の前にいる美人は眼鏡をかけていない。当たり前だが、漆黒の髪もふわっと舞ってはいなかった。

すごくお堅い雰囲気の女性だと思っていたが、目の前にいる美人は、お堅いというより、色っぽい。

「休みのときは眼鏡はずしているの。あれ、伊達《だて》眼鏡なのよ」

「そうなんですか」

「この顔だと、なんか、軽く見られるというか、なんか、すごく女として見られるみたいなの。ただ見ているだけなのに、誘っているんじゃないか、とか思われるの。男の人って変よね」

「は、はあ……そうですね」

実際、今、智司は瑠璃に見つめられて、気があるんじゃないか、とはやくも錯覚してしまっていた。

それくらい、瑠璃の黒目は美しく、見られているだけで吸いこまれそうだ。

「即戦力に来てもらって、助かったわ」

「月曜から、がんばります。よろしくお願いします」

智司は美形支店長に向かって、深々と頭を下げた。

「谷村くんって、温泉好きかな？」

「えっ」

「これから、温泉に行くの。よかったら、谷村くんもいっしょにどうかしら」

「お、温泉、ですか」

「そう。一泊することになるけど、いいかな」

なにっ。いきなり、美形の支店長と温泉で一泊だとっ。

これは夢じゃないのかっ。K市の人たちはフレンドリーだと聞いていたが、いきなり温泉一泊とかフレンドリーすぎないか。

「下着とかは、途中のコンビニで買えばいいわよね。行きましょう」

と言うと、瑠璃は智司の返事を待たずに、駐車場へと向かっていく。思わず、ジーンズに包まれたヒップに目が向く。

長い足を運ぶたびに、ジーンズの下で、ぷりっぷりっとうねっている。

いい尻だ。もしかして、もしかして、あの尻を今夜……いや、ありえない。いくらなんでもありえない。今、会ったばかりなのだ。月曜から瑠璃の部下として働くという繋《つな》がりだけなのだ。

瑠璃が立ち止まり、振り向く。こちらを見る目が、どうしたのかしら、と聞いている。

智司は駆け出していた。

智司は助手席に乗っていた。車の中は、甘い匂いでいっぱいだった。それは、瑠璃の匂いだった。いきなり、上司の匂いを嗅ぎまくることになるとは。

「暑いわね」

と、瑠璃が言う。そうですね、と智司は答える。今日は初夏のような陽気だった。

信号待ちで、瑠璃が薄手のカーディガンを脱いだ。

ドキリとした。いきなり、二の腕があらわれたからだ。瑠璃はノースリーブのカットソーを着ていた。この時期に腕を出す女性らしく、二の腕はほっそりとしていて美しい。

白い肌も肌理《きめ》が細かく、見ていると、触りたくなる。

沢口瑠璃は未亡人だと聞いていた。二年前に夫を病気で亡くしているらしい。三十二才の若さで未亡人だ。

「あの、よく、ひとりで温泉に行かれるのですか」

現地に男がいるのかもしれない。智司と瑠璃が温泉地でどうこうなるというのはありえない。

「妹がN温泉でペンションをやっているの。週末はたいてい、手伝いに行くのよ」

「そうなんですか」

納得した。となると、智司は宿泊客ということになる。

「心配しないで、宿泊代は取らないから」

「いいえ、そんな……」

瑠璃はずっと前を見つめている。智司はちらちらと瑠璃の横顔を見やる。

美しい横顔に、白い二の腕。それに、今気づいたが、カットソーの胸もとがやけに大きく張っている。これはかなりの巨乳だぞ。

市内を出て一時間半。自然豊かな温泉地に入った。あちこちで湯煙が上がっている。

温泉旅館が並ぶメイン通りをさらに進み、細い生活道路を上がると、瑠璃が車を止めた。

2

「いらっしゃいませ……なんだ、瑠璃姉さんか……」

「なんだはないでしょう」

「ペンション湯女《ゆな》」のフロントに入ると、若い女性が迎えに出てきた。半袖のTシャツにショートパンツ姿だ。ラフな姿がペンションらしい。

「お客さんを連れてきたわよ」

「えっ、誰……瑠璃姉さんの彼氏……えっ、うそっ」

若い女性は愛らしい顔立ちだった。どこか、瑠璃と似ている。もしかして、妹だろうか。Tシャツの胸もとが高く張っている。きっと、姉妹だ。ショーパンから伸びたナマ足が素晴らしい。

瑠璃もあんなナマ足をしているのだろうか。

「職場のあたらしい仲間よ」

「なんだ、彼氏じゃないのか」

瑠璃の妹の、由衣《ゆい》と言います、と愛らしい女性が頭を下げた。ポニーテールが胸もとに流れてくる。

谷村智司です、と頭を下げる。

「どこからいらっしゃったんですか」

「東京です」

「東京かあ。行きたかったなあ」

と、由衣が言う。

「この子、東京の大学三校受けたんですけど、全滅だったの」

「それは言わないっ」

由衣が瑠璃をたたくまねをする。そんな腕の動きだけでも、Tシャツの胸もとが挑発的に動く。やはり、巨乳は悩ましい。胸もとの動きだけ見ていても飽きない。

「荷物、持ちましょう。あれ、荷物は？」

「会社を見に来ていたのを、私が誘ったのよ」

「あら……迷惑だったでしょう」

と、由衣が聞く。

「いいえ」

智司はかぶりを振る。瑠璃とふたりで温泉でしっぽりという淡い夢は消えたが、K市に越してきて早々、美人姉妹と話ができるだけでもうれしかった。

週末はたいてい自室でゲームしてるか、ためたドラマを観《み》ているかだ。女性とデートはもちろん、こうして話をすることもなかった。

だから、すでに充分すぎるくらいだ。

「お帰り、瑠璃姉さん」

と言いながら、もうひとり女性が姿を見せた。この女性も瑠璃に似ていた。瑠璃より五つばかり年下のように見えた。

「瑠璃姉さんの職場の新人さんみたい」

谷村さん、と由衣が紹介する。谷村です、と智司は頭を下げた。

「あら、瑠璃姉さんが会社の人連れてくるなんて、珍しいね」

このペンションの菜々美《ななみ》と言います、瑠璃の妹です、と女性が頭を下げた。こちらは、栗色《くりいろ》の髪をアップにまとめていた。Tシャツの上からエプロンをつけていた。夕食の支度中なのかもしれない。

「ウェブに詳しいのよ」

と、瑠璃が言い、菜々美にウインクする。

「あら、そうなんですか」

「ホームページ立ちあげに、力を貸してもらえるかもしれないわよ」

と、瑠衣が言い、

「もう、新人さんにいきなりそんなこと言って、ご迷惑でしょう」

と、菜々美が言う。

「いいえ、そんな。僕でよかったら、力になりますよ」

と、智司は言った。社交辞令ではなかった。菜々美も当然のことながら、瑠璃に負けない美貌で巨乳だったのだ。ホームページの手伝いなんて、お易《やす》い御用だ。

「そうなんですか、本気にしますよ」

菜々美が笑顔を見せる。

「由衣、二階の奥の部屋に案内してあげて」

と、瑠璃が言い、瑠璃自身は一階の奥へと向かっていく。

「じゃあ、どうぞ」

由衣が階段を上がっていく。智司はそのあとをついていくかたちとなる。

目の前に、弾《はじ》けるような若肌、ナマ足がある。当然、そこに目が向く。見るなというのが無理な話だ。

さっきまでは、瑠璃の二の腕を堪能《たんのう》していたが、今度は、その妹のナマ足を堪能することになる。

階段を上がって、奥へと廊下を進むと、由衣がドアを開き、どうぞ、と言う。

ダブルベッドがある、わりと広い部屋だった。

「ここでいいのかな」

「今夜は、カップルの泊まりはないんです」

窓ぎわに立った由衣がカーテンを開き、窓を開ける。すると、涼しい風が吹きこんできた。

「ああ、気持ちいい」

両腕を上げて伸びをする。するとTシャツの短めの裾がたくしあがり、背中がわずかにのぞいた。

ナマ足を見せつけられていたが、背中の肌がわずかのぞいて、またドキンとなる。

「谷村さん、こっち」

と、由衣が手招きする。並んで立つと、見事な山並みがひろがっていた。あちこちから湯煙が立ちのぼっている。

「温泉たくさん、あるんですね」

「自然なままの露天風呂もたくさんあるんですよ。そうだ。これから、いっしょに入りませんか」

と言って、由衣がつぶらな瞳を智司に向けてくる。

「えっ、露天風呂にいっしょにっ」

「はい。どうですか」

と、なんでもないことのように誘ってくる。

えっ、K市では露天風呂に男女いっしょに入るのが普通なのか。

「入りましょう。用意しますね」

返事も聞かず、由衣がポニーテールを揺らして、出ていった。

フロントに降りた。フロントのそばがダイニングになっていた。テーブルが四つある。こじんまりとしたペンションだ。奥がキッチンのようだ。いい匂いがしてくる。

瑠璃が姿を見せた。漆黒の髪をアップにまとめて、エプロンをしている。

「あっ、支店長も、料理なさるんですか」

「そうよ。料理、得意なの」

まさか、着任して早々、美人支店長のエプロン姿まで目にできるとは。

「お待たせ」

由衣がやってきた。大きなバックを肩からかけている。斜めにかけたストラップが、ちょうどバストの谷間に食いこみ、ただでさえ目立つ胸もとをさらに強調してみせていた。

ショーパンといい、ストラップ食いこみといい、眼福すぎた。しかもこれから、いっしょに露天風呂に入りに行くのだ。

「谷村さんと露天風呂入ってくる」

と、由衣が瑠璃に言う。初対面の人と温泉なんてやめなさい、と瑠璃が止めると思ったが、違っていた。

「あらそう。夕飯までには戻るのよ」

と言うだけで、キッチンへと向かった。

3

智司は自転車に乗っていた。前を由衣が走っている。ポニーテールが風に煽《あお》られ、舞っている。そこからかすかに甘い匂いが流れ、智司の鼻孔をせつなくくすぐってくる。

自転車はペンションからさらに山の奥深く入っていく。道路は舗装されていなくて、がたがた揺れはじめる。

横道に入った。すると、いきなり露天風呂があらわれた。まわりを木々に囲まれていて、まさに秘湯だった。

自転車を止めると、由衣はシューズを脱ぎ、すらりと伸びた足を湯船に浸す。

「ああ、ちょうどいい感じですよ、谷村さん」

「そ、そうなんだね……」

すでに、智司は緊張していた。鬱蒼とした木々に囲まれたひと気のない露天風呂で、これから若い女の子と風呂に入るのだ。

風呂に入るイコール裸だ。恐らくバスタオルで隠すのだろうが、それでも裸は裸である。

「ここにお金を入れるんです」

と言って、露天風呂のそばに置かれている貯金箱のようなものに、由衣が五百円硬貨を入れた。

「いつもは二百円入れるんですけど、今日はふたりだから奮発しました」

と言って、由衣が笑う。

「僕も出すよ」

と言っても、今は手持ちがなかった。

「あの、ここまで谷村さんに来てもらったのは、見てもらいたいものがあるんです」

智司の目を真正面から見つめ、由衣がそう言った。

「見てもらいたいもの……」

「はい。あの……ちょっと背中を向けてもらえますか」

「ああ、そうだね」

ここには更衣室など洒落《しゃれ》たものはなかった。ただただ天然の温泉があるだけだ。透明なお湯だ。

智司は背中を向けた。うしろで由衣が服を脱ぐ気配がする。山奥だけあって、静かだ。静かなぶん、気配に敏感になる。

「あの、見てもらえますか」

背後から、由衣がそう言った。

えっ、見てもらうって……まさか……。

智司は振り向いた。

「あっ……」

目を見張った。由衣が素っ裸で立っていたのだ。まさに生まれたままの姿だ。

「えっ……ああ、由衣さんっ……」

「あの……どうですか、私の裸……」

「えっ、ど、どうって……」

「魅力ないですか」

「まさか……」

まったく逆だった。魅力ありすぎだった。

腕はほっそりとしていて、身体の線は華奢だったが、バストは豊満に張っていた。美麗なお椀形《わんがた》で、乳首は淡いピンクで、わずかだけ芽吹いていた。

ウエストはぐっとくびれ、足はすらりと伸びている。恥丘には、わずかな陰りしかなくて、おんなの縦すじがほぼあらわだった。

「あの……私、処女なんです」

いきなり、処女宣言を受ける。

「ふたりの男性と……エッチまでいったんですけど……なんか、私の裸を見ても勃《た》たないんです……だから、私の身体ってどうなんだろうって思って……自分からすると、悪くないと思うんですけど……男性の目から見たら、どうなのかな、と思って」

ダイナマイトボディにばかり目がいっていて、由衣の表情を見ていなかったが、目を向けると、真っ赤になっていた。

たまらなく恥ずかしいのだろう。それに耐えつつ、初対面の男に裸体を見せているのだ。

「たぶん……」

「たぶん、なんですか。教えてください」

「由衣さんの身体が……ナイスボディすぎるんだと思うよ」

「えっ」

「たぶんだけど、相手はふたりとも童貞なんじゃないかな」

「そうです。童貞ですっ」

どうしてわかるんですかっ、と由衣が驚きの目で智司を見つめている。わかるのは、智司も童貞だからだ。グラビアアイドル顔負けのボディを前にして、圧倒されてしまったのだろう。

今の智司がそうだからだ。智司はこれから由衣とエッチするわけではない。だが、そのふたりの彼氏はこれからエッチするんだ、と思うと、緊張が極限にまで達して、勃つものも勃たなくなったのだろう。そう推察できた。

「はじめてだから、ナイスボディを前にして、緊張しすぎたんだと思うよ。由衣さんも緊張していたでしょう」

「はい……」

「お互い、緊張しまくって、うまくいかなかったんだね」

「どうしたら、いいんですか……」

「僕も今、緊張しているんだよ」

と言うと、智司はスラックスのベルトを緩め、由衣の前で、スラックスとブリーフをいっしょに下げていった。相手がすでに割れ目まで剝《む》き出しにしているからできたことだった。

あらわになった智司のペニスも萎えていた。萎えるどころか、緊張で縮こまっていた。

「なんか、小さいち×ぽ見せるの、すごく恥ずかしいんだけど。でも、由衣さんも裸だしね……」

「私、男の人って、女性の裸を見ると、すぐに勃つものだとばかり思っていました。だから、私の裸を見て勃たないから、私が魅力ないんだと思っていました」

「違うんだよ」

「あの、もしかして、谷村さんも……あの、ど……どう……」

「そう。童貞だよ。三十にもなって童貞なんて恥ずかしいけど」

初対面の若い女性に、童貞だと告白してしまっていた。これは山間の秘湯がなせる技なのか。

「そうだったんですね。会ったときから、なんか気になっていたんです」

「えっ……」

「私、なぜか、惹《ひ》かれる人みんな童貞なんです」

「そ、そうなの……」

惹かれると言われ、智司は動揺する。ますますち×ぽが縮こまる。

最低だった。こんな素晴らしいオールヌードを前にして、びんびんにならないなんて……由衣に失礼じゃないか。

でもそう思えば思うほど、縮こまってしまう。

「どうしたら、いいんでしょうか……」

由衣は泣きそうな表情になっている。

「リラックスしよう。リラックスすれば、勃つはずだ」

「そうなんですか……」

由衣は半信半疑だ。

「温泉に浸《つ》かろう。そうしよう」

と言うと、智司はシャツとTシャツも脱ぎ、露天風呂に足を入れた。熱かったが、ちょうどいい感じだ。そのまま湯船に浸かっていく。

由衣は裸で立ったままだ。湯船に浸かって、あらためて由衣のオールヌードを見ると、ペニスがむくっと頭をもたげはじめた。

これだっ、この感覚だっ。

「由衣さんも入って」

はい、とうなずき、由衣が湯船に迫ってくる。それは剝き出しの割れ目が智司に迫ることを意味していた。

「ああ、すごい……」

思わず、うなる。童貞まる出しの発言だったが、すでにカミングアウトしているから、心配いらなかった。

「ああ、いや……急にすごく恥ずかしくなってきました」

由衣が股間を両手で覆い、湯船の手前でしゃがみこむ。すると、湯船に浸かっている智司の目の前に、豊満に実った乳房が突き出される。

しかし、なんて大きなおっぱいなんだ。グラビアアイドルには巨乳は珍しくないが、リアルに目《ま》の当たりすると、やっぱり圧倒されてしまう。

「入って、由衣さん」

「はい……」

由衣がしゃがんだ姿勢のまま、ナマ足を湯船に入れる。不自然な体勢だ。危ない、と思った瞬間、あっ、と足を滑らせ、湯船に飛びこんできた。

智司は思わず、由衣の裸体を抱き止めていた。

4

顔が近かった。すぐそばに、由衣の唇がある。

由衣はしっかりと智司に抱きついているため、たわわな乳房が胸板に押しつぶされている。

由衣の剝き出しの肌から甘い体臭が薫ってきている。

「あっ」

声をあげ、由衣が腰を浮かせた。そして智司から離れると、股間に目を向ける。透明のお湯越しに、智司のペニスが見える。それはさっきまでの縮こまった状態がうそのように、反り返っていた。

「うそ……すごく大きいです」

「そうだね」

我ながら、なかなかの反り具合を見せている。

「どうしてですかっ」

「いや、その温泉に浸かった状態で、いきなり由衣さんに抱きつかれて、それで一気に、こうなったようなんだ」

「そうなんですか。じゃあ、元カレもここに誘えばよかったんですか」

「そうかもね」

「あ、あの……」

「なに」

「握ってもいいですか」

いいよ、とうなずくと、由衣が右手を怖《お》ずおずと温泉の中に入れてくる。そして、つかんできた。すぐに、ひいっと手を引く。

「どうしたの」

「すごく硬くて、石みたいで……さっきとは違いすぎますっ」

確かに違いすぎた。だが、また一気に縮んでいく。勃起したり縮んだり、忙しいペニスだ。

「あっ、小さくなってきましたっ。どうしですかっ」

「いや、さっきはいきなり抱きつかれたけど、今は、あらたまった感じで、ちょっと身構えてしまったのかな。ち×ぽには精神状態がすぐにあらわれるね」

「そうなんですか。難しいですね」

と言うなり、由衣がまた抱きついてきた。たわわな乳房を胸板に押しつけつつ、なんと頬にキスしてきたのだ。

「あっ……またっ、大きくなってますっ」

抱きつくと、ちょうど恥部にペニスが当たるのか、由衣は大声をあげると、また離れた。股間を見ると、またも勃起している。

由衣はそれをつかみ、ゆっくりとしごきはじめる。

「ああ……由衣さん……」

「痛いですか」

「いや、気持ちいいよ」

由衣はうなずき、しごきつづける。

「あの……乳首、舐《な》めていいですか」

「えっ、乳首……」

「はい。元カレ、あそこが縮んだままのとき、乳首を舐めてほしい、と言われたから、谷村さんも乳首、好きかなって、思って」

「童貞だからかい」

「はい、いえ……その……」

「舐めて、由衣さん」

はい、と返事をすると、由衣が胸板に美貌を寄せてくる。

それだけでも、ドキドキする。由衣が乳首の手前で、ピンクの舌をのぞかせた。そして、ぺろりと舐めあげる。

ぞくぞくっとした刺激を覚え、智司は思わず、あんっ、と恥ずかしい声をあげてしまう。

由衣は続けて、ぺろりぺろりと乳首を舐めあげる。

「あ、ああ……」

気持ちよくて、どうしても声が出てしまう。オナニーのとき、自分で乳首をいじっていたが、そのときとはまったく比べものにならなかった。

「どうですか」

「いや、なんか声をあげてしまって、恥ずかしいよ」

「ううん。声をあげてもらったほうがいいです。感じているのかどうか、黙ったままだとわからないから」

「そうだね……」

「こちらも舐めますね」

と言って、もう片方の乳首も舐めはじめる。と同時に、由衣の唾液まみれの乳首を摘まみ、こりこりところがしはじめる。

処女だが、乳首舐めは手慣れていた。

「ああ、谷村さんのおち×ぽ、ずっと大きなままです」

「乳首舐め、上手だから」

「そうですか。でも、エッチの経験がなくて、乳首舐めだけうまくなるなんて、変ですよね」

「そうかもね……」

目の前に、ぷりっと張った極上のバストがある。触ってみたい。揉《も》んでみたいが、智司は彼氏ではない。成りゆきで、こういうことになってはいたが、自分から手を出しずらかった。

「やっぱり、谷村さん、思っていたような人でした」

「えっ……」

「今、私のおっぱい触りたいけど、我慢してくれているんですよね」

「そ、そうかな……そうだね」

「露天風呂でお互い裸になっても、谷村さんなら安心できるな、と思ったんです」

「そうなんだね」

「私の勘は当たるんですよ。童貞くんを当てる勘は」

そう言って、ぺろりと舌を出した。そんな仕草がたまらなくかわいい。

「いいですよ、谷村さん」

「えっ……」

「おっぱい、いいですよ。いいっていうか……あの、揉んでください……」

由衣は真っ赤になっている。

「い、いいのかい」

はい、と由衣はこくんとうなずく。

「じゃあ」

こんな機会はめったにないことだ。そもそも三十年間、こんな機会はなかったのだから。田舎に転勤してきて、いきなりこういうことになっているのだ。

智司は手を伸ばした。お椀形の美麗な乳房をつかんでいく。

「はあっ……」

由衣が甘い吐息を洩《も》らす。

智司は五本の指を魅惑の隆起にぐぐっとめりこませていく。やわらかくも、弾力に満ちていた。

これがおっぱいなのか。おっぱいの感触なのか。

想像以上の感覚に興奮しつつ、ぐぐっと指を食いこませていく。すると、奥から弾き返してくる。そこをまた揉みこんでいく。

「あ、ああ……」

由衣を見ると、瞳を閉じて、半開きの唇からかすれた吐息を洩らしている。

そんな表情がまた、たまらない。見ていると、キスしたくなる。

さっき頬にキスされて、智司は心臓が飛びあがりそうになった。唇を合わせたら、心臓が喉から飛び出すかもしれない。

「どうですか、由衣のおっぱい」

「最高だよ……とはいっても、はじめてだから……比べるものがないけど……ああ、でも、最高だよ」

「うれしいです……あ、ああ、左もいいですか」

「そ、そうだね」

右の乳房ばかり揉んでいた。手を引くと、白いふくらみにうっすらと手形がついている。そして、乳首もつんととがっていた。

智司は左のふくらみをつかんだ。ぐぐっと揉みつつ、由衣をまねて、右の乳首を摘まんだ。右を揉みつつ、左の乳首をころがしていく。二十歳そこそこの処女から学ぶなんて恥ずかしかったが、童貞なのだから仕方がない。

「あっ、あんっ、いっしょ……感じます」

「そうかい」

由衣が言うとおり、反応の声をあげてくれるとうれしい。感じてくれているんだ、とわかる。

「あ、ああ……谷村さん」

由衣の唇が動く。智司はその唇に吸いよせられるようにして、口を押しつけていった。

唇と口が触れた瞬間、由衣は固まったが、智司のキスを拒むことなく、そのまま受けていた。

唇と口を合わせるだけのキスを続けていると、由衣のほうから舌を入れてきた。

ぬらりと舌がからまり、智司の身体が一気に燃えあがった。ぐぐっと左右の乳房をつかみ、智司のほうからも舌をからませていく。

「うんっ、うっんんっ」

お互いの舌を貪るようなキスになり、ぴちゃぴちゃと唾液の音まで洩れてくる。由衣も舌をからめつつ、右手でペニスをつかみ、しごきはじめる。と同時に、左手では乳首を摘まみ、ひねってくる。

「う、ううっ」

ディープキスと乳首責めと手コキ。

それは、童貞野郎には刺激が強すぎた。あっという間に、射精しそうになる。

でも、やめてとは言えない。だって、キスも乳首責めも、手コキもやめてほしくなかったからだ。このままだと、もう出そうだ。

いやだっ、これで終わりなんて、いやだっ。もっと長くキスしていていたいっ、乳首ひねられたいっ、ち×ぽしごかれたいっ。

出そうだっ、と思った瞬間、智司は立ちあがり、湯船から出ていた。

「谷村さんっ、どうした……あっ……」

智司は射精していた。どくどくと白濁が宙を飛んでいる。

もちろん、由衣とキスしながら射精したかったが、温泉をザーメンで汚すわけにはいかなかった。

「すごいっ……」

由衣が湯船の中から、目をまるくさせて見ている。そして、

「あっ」

と、声をあげる。

「温泉を汚したくないから、出たんですね」

「そうだね。汚さなくてよかったよ……」

「谷村さん」

と言うと、由衣も湯船から出てきた。瑞々《みずみず》しい裸体がお湯に濡れて、ますます魅力的になっている。射精させたばかりだったが、半萎えのところで止まる。

5

「ありがとうございますっ。なんか、すごくうれしいですっ」

と言って、由衣が抱きついてきた。ちゅっちゅっと啄《ついば》むようにキスしてくる。

なんかこれって、恋人同士のじゃれ合いキスじゃないのかっ。

「私たち、ここの秘湯、とても大事にしているんです。N温泉の有志が管理している

んですけど、やっぱり、汚す人もいて……」

「そうなんだ」

「谷村さん、あのまま出したほうが気持ちいいはずなのに、会ったばかりの私たちのために、外に出て、空中に出すなんて……ああ、素敵ですっ」

そう言うと、また唇を重ね、ぬらりと舌を入れてくる。もちろん、智司もからめる。唾液がとても甘い。かわいい女子というのは、唾液も美味なのだ。

由衣がペニスを握ってきた。ぐいぐいしごいてくる。すると、ぐぐっと力を帯びていく。

「あっ、すごいっ。今、出したばかりなのに。、もうこんなに」

「そうだね」

「あの……」

はにかむような表情で、じっと智司を見つめている。

「なんだい」

「フェラして、いいですか」

「いいよ。やってくれるの」

「お礼です」

そう言うと、由衣がしゃがんだ。

「すごく大きいです……」

智司のペニスは由衣の鼻先で、見事な反り返りを見せていた。我ながら頼もしい。

「ああ、男の人のって、こんなになるんですね」

と、由衣が言う。なんせ、縮みきったままのペニスしか見たことがなかったのだ。

「フェラの経験はあるのかい」

「はい……」

由衣がうなずく。

「乳首舐めしたあと、フェラしました。フェラすれば大きくなると言われて……でも、だめでした。だから、私のフェラが下手なんだなって、落ちこみました」

「舐めて」

と、智司は言う。

「教えてくださいますか」

つぶらな瞳で智司を見あげつつ、由衣が聞いてくる。

「僕、童貞だよ。フェラされたこともないし……教えるなんて……」

「関係ないですよ。教えてください。それに、私が初フェラなんて、うれしいです」

さすが童貞好きだ。いや、童貞が好きなんじゃなくて、好きになるのが童貞なのか。いや、それはやっぱり童貞が好きなんじゃないのか。

「じゃあ、まずは先っぽにちゅうしてみて」

と、智司は言う。声が少し震えている。

はい、とうなずき、由衣は瞳を閉じると、そっと唇を鎌首に寄せてくる。そして、ちゅっとキスしてきた。

「あっ……」

それだけでも、たまらない。なんせ、初フェラなのだから。初フェラのくせして、教えるなんておこがましい。

由衣はちゅっちゅっと先端にキスしつづけている。

「じゃあ、舌を出して、舐めてみて」

由衣は素直に従う。ピンクの舌をのぞかせると、ぺろりと舐めはじめた。

「ああっ……」

智司は声をあげて、腰をうねらせていた。先っぽ舐めは、想像以上に気持ちよかった。自分で撫《な》でるときの比ではない。

智司の反応に煽られたのか、由衣はねっとりと舌を這《は》わせはじめる。

「ああ、ち×ぽをつかんで、ああ、舐めながら、ゆっくりしごいてみて。ゆっくりだよ、ゆっくり」

はい、とうなずき、由衣はぺろぺろと舐めつつ、ペニスを白い指でつかみ、しごきはじめる。

あまりに気持ちよくて、はやくも先走りの汁が出てきた。

「あっ、なにか出てきました。これって、射精じゃないですよね」

「我慢汁だよ」

「我慢しているんですか」

「いや、さっき出したばかりだから、まだ我慢してはいないんだけど……その……あの……」

「なんですか」

「いや、三十年我慢してきたから、出してもすぐに我慢汁が出てくるんだよ」

「我慢しないでください。出してください」

由衣がしごきをはやくする。そして、我慢汁を舐め取っていく。だが、その動きがさらなる我慢汁を誘発することになる。舐めても舐めても出てくる。

「あのっ」

「なんですか」

由衣がつぶらな瞳で見あげている。そんな目で見あげられるだけでも、射精しそうになる。実際、あらたな我慢汁がどろりと出てきた。

「そこの裏のスジを舐めてほしいんだ」

智司はあらたな指示を与える。

「裏のスジって……ああ、ここですか」

由衣が裏スジをぞろりと舐めてくる。

「あっ、そこっ」

これまた、想像以上に気持ちいい。敏感な反応に煽られ、今度は裏スジをぺろぺろ、ぺろぺろと舐めてくる。と同時に、根元をしごいてくる。

「ああ、咥《くわ》えて、咥えてみて」

はやくしないとまた出そうで、次の指示を出す。

由衣が小さな唇を開き、野太く張った鎌首を咥えてくる。鎌首が、由衣の唇の粘膜に包まれる。

咥えつつ、由衣が問うように見あげている。

「そのくびれでいったん止めて」

そう言うと、由衣がくびれで唇を止めた。

「そのまま、吸ってみて」

由衣が言われるまま、鎌首を吸う。

「ああっ、いいよっ」

鎌首全部がとろけてしまうような快感に、智司は下半身をくねらせる。気持ちよすぎて、とてもじっとしていられない。さっき出してなかったら今、即発射だっただろう。

「奥まで咥えてみて」

由衣は咥えたままうなずき、唇を下げていく。反り返った胴体も、由衣の唇に吸いこまれていく。そして、根元まで呑《の》みこんだ。

そのままで、どうしたらいいのですか、と見あげている。

すべてを咥えこまれた瞬間、智司は暴発しそうになっていた。ぎりぎり耐えていた。

本当は、顔を上下に動かして、と言いたいところだったが、そんなことされたら、暴発してしまう。いくら童貞宣言していても、さっき出したばかりなのに、もう出すなんて情けない。

じれた由衣が、美貌を動かしはじめた。ただ唇を上下させるのではなく、吸いあげはじめたのだ。

「うんっ、うっんっ、うんっ」

悩ましい吐息を洩らしつつ、美貌を上下させる。とても初フェラとは思えない。ち×ぽをしゃぶるのは、女としての本能なのか。

「あ、ああっ、ちょっと止めてっ、由衣さんっ」

美貌を動かしながら、どうして、という目で見あげている。

「出ちゃうよっ、ああ、また出るから口を引いてっ」

「う、うう、うう」

由衣が咥えたまま、なにか告げる。このまま出して、と言っているのか。

いや、それはまずいのではないのか……智司が彼氏だったら、まだザーメンを喉で受けることもできるかもしれないが、智司は彼氏ではないのだ。

出そうなら、智司が腰を引けばいい。だが、それはできなかった。初フェラは想像を凌駕《りょうが》するほど気持ちよくて、自分から終わりにするなんて無理だった。

口に出すのはまずいと思いつつも、自分から引くことはできない。由衣がフェラを止めるのを願ったが、由衣は美貌を動かしつづけた。

「ああっ、だめだめっ、出るよっ」

由衣の口の中で、智司のペニスがぐぐっと膨張した。

そして、爆《は》ぜた。

「おう、おうっ」

智司は吠《ほ》えていた。吠えつつ、由衣の口の中にザーメンを噴射した。

生まれてはじめて、ティッシュでもなく、宙でもなく、女の子の身体の中にザーメンをぶちまけていた。

おま×こではなく、口だったが、全身の細胞がとろけてなくなってしまうような快感に包まれていた。

由衣は唇を引くことなく、ザーメンを喉で受けつづけた。

脈動が収まった。智司はあわててペニスを引いた。すると、開いた唇からどろりとザーメンが垂れていった。それを、由衣が手のひらを出して受け止めた。

「ああ、ごめんね、由衣さんっ。出して、口から出して」

智司もしゃがむと、由衣にそう言った。だが、由衣は出さなかった。唇を閉ざし、ごくんと喉を動かしたのだ。

「あっ、由衣さんっ」

もう一度喉を動かすと、由衣は唇を開いてみせた。大量にぶちまけたはずのザーメンは一滴も残っていなかった。

「おいしかったです」

はにかむような笑顔を見せて、由衣がそう言った。

「ああ、由衣さんっ、ありがとう。飲んでくれて、ありがとうっ」

智司は涙をにじませていた。やっぱり、吐かれたくはなかったことを知る。ごくんと飲むことで、愛情を感じていた。

女の子って、いいな、と心底思った。

「そんな、泣かないでください。なんか照れます」

「ありがとうっ、由衣さんっ」

智司は何度もお礼を言っていた。

第二章　魅惑のうしろ姿

1

　その夜。智司はなかなか眠れなかった。支店長の瑠璃に温泉に誘われ、そして、その妹の由衣とキスし、フェラをしてもらい、口に出してしまった。

　いきなり、初キス、初フェラを経験してしまった。だが、まだ童貞のままではあった。それが心残りで、ずっとペニスがむずむずしていた。

　二発出して、すっきりして眠れるかと思ったが、違っていた。生身の女の子を知ってしまったゆえに、よけいエッチしたい欲望が強くなっていた。

　キスやフェラで、あれだけ気持ちいいのだ。おま×こに入れたら、どうなってしまうのだろうか。ああ、入れたい。入れたいっ。

すっかり目が冴《さ》えてしまい、智司は温泉に入ることにした。ペンション湯女のまわりにも、あちこちに秘湯があった。

夕食のとき、菜々美から秘湯マップをもらっていた。ちょっと離れた場所にひとつあった。自転車ならすぐだろう。ちょっと行ってみるか。

智司はペンション備えつけの浴衣のまま、部屋を出た。外に出ると、空気はひんやりしていたが、それが火照った身体には心地よかった。自転車を借りて、漕《こ》いでいく。すぐに目的の露天風呂に着いた。鬱蒼とした茂みを進むと、湯船が見えた。

先客がいた。女性だった。白い背中が月明かりを吸いこむようにして、絖光っている。

女性の背中を目にしただけで、智司は勃起させていた。おっぱいやヒップではなくて、背中だけで勃つなんて、はじめてだった。

女性は黒髪をアップにしていた。うなじにも月明かりが当たり、色香がにじんでいる。

女性が湯船から出た。洗い場に出るのではなく、お湯で火照った身体を冷ますために出たようだ。背中だけではなく、女性の双臀《そうでん》もあらわになった。

お湯に濡れた双臀がまた、色香にあふれていた。腰が絞ったようにくびれているため、逆ハート形の魅惑のラインがよけい強調されていた。

視線を感じたのか、女性が振り向いた。

智司は目を見張った。裸の女性が支店長だったからだ。

瑠璃は正面に向き直り、そのまま魅惑のうしろ姿をさらしつづけた。智司は茂みの奥からのぞいていた。どうやら気づかれなかったようだ。

「お風呂、入らないの」

瑠璃が聞いてきた。気づかれていたようだ。

「す、すいません……」

茂みから顔を出し、のぞいていたことを謝る。

「いっしょに入りましょう」

「い、いいんですか……」

「いいもなにもないわ。この露天風呂はみんなのものだから」

由衣と入った秘湯と同じということか。

「混浴なんですね」

「そうね。露天風呂って、そもそも混浴なのよ」

「そうなんですか」

「はやく、いらっしゃい」

はい、と智司は茂みから出て、洗い場に立った。瑠璃は湯船に浸からず、お尻を縁に乗せたままだ。

「さあ、いらっしゃい」

「はい、支店長……」

智司は浴衣を脱いだ。ブリーフだけになる。それを脱ごうとして、やめる。すでにペニスはびんびんだった。びんびんのペニスを揺らしながら、湯船に入っていいのだろうか。

でも脱がないと、湯船には浸かれない。確かに瑠璃が言うとおり、ここは露天風呂なのだ。ブリーフを脱がないでいるほうが不自然だ。しかも、瑠璃はすでに全裸なのだ。智司があらわれても、尻を隠していない。

智司は思いきって、ブリーフを脱ぐ。すると、弾けるようにペニスがあらわれた。

由衣の裸体を前にしたときは、緊張が勝ってペニスは縮んでいたが、今は勃起している。

童貞のままだったが、やっぱりキスをして、フェラしてもらったことが大きいのだろうか。由衣とのことがなかったら、縮みきっていたはずだ。それはそれで恥ずかしい。由衣に感謝だ。

失礼します、と言って、智司は瑠璃の隣に座る。瑠璃をまねて、足だけを湯船に浸ける。

当然のこと、瑠璃の乳房が目に飛びこんでくる。下腹の陰りも見える。

見ちゃだめだ、と視線をそらすも、すぐに裸体の前面に目が向かう。瑠璃はなにも隠していなかった。露天風呂では裸が当たり前だから、隠す必要はない、と思っているようだ。

素晴らしい土地柄だ。

「上司の裸を見て、おち×ぽ、勃たせていいのかしら」

と、瑠璃が言う。

「すいませんっ」

と謝り、両手で股間を覆う。

「なにしているの。隠しちゃだめよ」

「はい、支店長……」

瑠璃が左手を伸ばしてきた。びんびんなままのペニスをつかんでくる。

「あっ……」

「硬いわ……ああ、久しぶりだわ……」

瑠璃は未亡人となって二年だと聞いている。二年ぶりのち×ぽなのだろうか。いや、これだけの美貌だ。男が放っておかないから、二年ぶりということはないだろう。

「うれしいな」

ペニスをつかんだまま、瑠璃がそう言う。

「う、うれしい……」

「だって、私を見て、こんなにさせているんでしょう」

「すいませんっ、支店長っ」

「瑠璃って呼んで。ここでは上司も部下もなしよ」

そう言いながら、鎌首を手のひらで包むと、手のひら全体で刺激してくる。

「あっ、支店長っ」

「だめ、瑠璃って呼んで」

瑠璃が息がかかるほどそばまで美貌を近づけ、じっと見つめている。月明かりに浮かんだ瞳に、吸いこまれそうだ。

「る、瑠璃さん……」

「そうよ、智司くん」

瑠璃も名前で呼んできた。

女性に、大人の女性に名前で呼ばれたのは、はじめてだった。智司はそれだけで、感激していた。

「あら、名前を呼んだだけで、もっと大きくなったわね」

瑠璃は右手でも、胴体をつかんできていた。左右の手でペニスに刺激を与えてくる。

「あ、ああ、瑠璃さん……」

手を伸ばせばすぐのところに、支店長の乳房がある。それはとても豊満で、腕を動かすたびに、ゆったりと揺れていた。

でも、智司は手を出さなかった。出せなかった。

「入りましょう。ちょっと寒くなってきたわ」

そう言うと、瑠璃はペニスから手を引き、湯船に滑りこんだ。智司もならって湯船に身体を沈めていく。

「ああ、気持ちいいです」

「そうね。N温泉の露天風呂は最高よね」

視界から恥部も乳房も消えていたが、それでも智司のペニスは勃ったままだ。今日会ったばかりの美貌の支店長とともに、露天風呂に入っているだけで、充分すぎるほど興奮していた。

「身体、洗っていいかしら」

「もちろん」

じゃあ、と瑠璃が湯船から出る。お湯に濡れた裸体が、月明かりを受けて、きらきらと輝く。智司はただただ見惚れた。

片膝立ちとなった瑠璃は、洗い場に置かれた液体ソープを手にすると、鎖骨からかけはじめた。

「支店長……」

白い粘液が、鎖骨から高く張った乳房へと流れていく。

ふと、ザーメンを自らかけているような錯覚を感じる。

瑠璃が手のひらで鎖骨や乳房に流れたソープをひろげはじめる。

瑠璃はこちらを向いていた。お湯を吸ってべったりと貼りついている恥毛も、もろに見えている。

智司は瞬《まばた》きするのも惜しんで、瑠璃のボディ洗いを見つめる。

瑠璃が乳房を揉むようにして、泡立てたソープを塗《まぶ》していく。やや芽吹いた乳首がこすれるのか、はあっ、とかすれた吐息を洩らす。

瑠璃の手がお腹《なか》から股間へと下がっていく。股間も洗うのか。それは洗うだろう。だが、恥毛のあたりは撫でただけで終わった。こちらに腕を伸ばし、桶《おけ》にお湯を汲《く》むと、首すじからかけていった。

ソープの泡が洗い流され、お湯に濡れた乳房や恥部があらわれる。

「背中、流してくれないかしら」

「はい、もちろん、です……」

智司も湯船を出た。ペニスは反り返ったままだ。瑠璃の視線を感じ、隠そうとしたが、そのままにして瑠璃に迫る。

瑠璃がまた手を出してきた。揺れるペニスをつかんでくる。

「あっ、支店長」

思わず役職で呼ぶ。

「だめよ、ここでは瑠璃と智司って言ったでしょう。もう、罰よ」

と言って、ぐいぐいしごいてくる。

「あ、ああっ、支店長っ、いや、瑠璃さんっ……そんなにされたらっ」

智司は洗い場で中腰になって、腰をうねらせていた。三女相手に二発出していなかったら、すでに暴発させていただろう。またも、由衣に感謝だ。

「あら、童貞くんだと思っていたけど、意外と強いのね」

と、瑠璃が言う。

由衣に続いて、姉の瑠璃にも童貞だと言われた。そんなに童貞っぽいのだろうか。

まあ、童貞だけど……。

智司は瑠璃の背後にまわった。瑠璃は片膝立ちのままだ。ボディソープを手のひらに出し、泡立てる。

「失礼します」

と言うと、泡を支店長の背中に塗していく。瑠璃の肌はしっとりとしていた。塗す動きは、撫でる動きと同じだ。

塗しているが、撫でているのだ。

瑠璃の背中はとても華奢《きゃしゃ》で、ウエストは折れそうなほど細い。それでいて、双臀はむちっと熟れている。尻に、未亡人の色香が凝縮しているように見える。

智司は背中を撫でつづける。

「お尻も、おねがい」

と、瑠璃が言う。

「い、いいんですか」

「お尻こそ、洗ってもらわないと……そうでしょう」

確かにそうだが……。

智司はあらためて手のひらにボディソープを出し、泡立てると、尻たぼに塗しはじめる。尻の肌は背中よりもっとしっとりとしていた。

逆ハート形をなぞるように、泡を塗していく。撫でていく。

「お尻を……洗って、と言っているのよ、智司くん」

と、瑠璃が言う。

「洗ってますけど……」

と答えつつ、あっ、と思った。支店長はお尻の穴を洗ってほしい、と言っているのだ。

「いいんですか」

「もちろん、おねがい」

瑠璃の声が甘くかすれていた。

失礼します、と言うと、智司は尻たぼをぐっと開いた。

2

狭間《はざま》の奥に息づいている瑠璃の肛門が見えた。

それは、まったく排泄《はいせつ》器官には見えなかった。菊の蕾《つぼみ》のようだ。視線を感じるのか、ひくひく動いている。

智司は尻たぼの右側を開いたまま、左手の人さし指を狭間に入れていく。すると、それだけで、ぶるっと瑠璃の下半身が動いた。

指先が尻の穴に到達した。泡まみれの指でそろりと入口を撫でる。

「はあっ……」

瑠璃が火の息を洩らす。感じているのか。支店長、尻の穴も感じるのか。

入口だけをなぞっていると、

「中を……きれいにして……」

瑠璃が甘い声でそう言う。

「中……いいんですか」

「いいわ。入れて」

と、瑠璃が言い、その言葉に、ペニスがひくつき、どろりと先走りの汁が出る。

もちろん指を入れて、と言っているのはわかっているのだが、童貞に入れてという言葉は刺激的すぎる。

智司は人さし指を、瑠璃の尻の穴に忍ばせていく。泡がちょうど潤滑油代わりになって、意外とあっさりとめりこんでいく。

「あっ……」

瑠璃が甲高い声をあげて、ぶるっと双臀をうねらせた。

「痛いですか」

思わず聞く。すると、

「ううん。反対よ……」

と答える。

痛いのと、反対……気持ちいい……。

支店長が部下に尻の穴に指を入れられて、感じているっ。さらなる我慢汁がどろりと出てくる。

「そ、そうですか……じゃあ、続けますね」

智司は人さし指をさらにめりこませていく。すると、強烈に締めあげてきた。

「ああ、すごいです」

「なにが」

「ああ、締めてきます、支店長」

瑠璃は彼女ではないから、キスもしていないし、おっぱいも揉んでいない。でも今、尻の穴に指を入れて、締められている。

「ああ、そのまま、前も洗って……」

と、瑠璃が言う。

「ま、前って……」

「前は、前よ。わかるでしょう」

わかるでしょう、と言いながら、さらに尻の穴が締まる。

「は、はい……」

智司は左手の人さし指を瑠璃の尻の穴に入れたまま、右手を前へと伸ばしていく。

瑠璃が片膝立ちのままでいた理由がわかった。

尻の穴に指を入れたまま、前にも手を伸ばしやすいのだ。

右手の指先が瑠璃の恥部に触れた。濡れた恥毛がべったりと貼りついている。それに触れただけで、ペニスがひくひく動く。

「中を洗って……」

「中、ですね……中……」

中というのは、おま×このことだ。支店長がおま×こを洗ってくれ、と部下に言っているのだ。

中に入れる。指とはいえ、はじめてだ。緊張で指が震える。

「やっぱり、童貞ね、智司くん」

「すいません……」

智司は謝る。

「なに、謝っているの」

「いや、すいません」

またも謝ってしまう。ただ童貞だとばれてしまうと、すうっと緊張が解《ほど》けた。と同時に、指が難なく入っていく。

「あっ……」

瑠璃が甲高い声をあげる。智司は尻の穴をいじりつつ、前の穴にも指をめりこませていく。

「ああ、熱いです、瑠璃さん」

瑠璃のおま×こは燃えるようだった。なにより、ぐちょぐちょに濡れていた。

「すごく、濡れてます」

「ああ、智司くんがエッチな目で見るから……濡らしたのよ」

甘くかすれた声で、瑠璃がそう言う。

「すいません……瑠璃さんの身体……なんか、すごくエッチで」

そう答えると、前の穴とうしろの穴が同時に、きゅきゅっと動いた。

今、俺は瑠璃のふたつの穴に指を入れているんだっ。

「ああ、洗って……お、おま×こ、洗って」

火の息を吐くように、瑠璃が言う。

はい、と智司は前の指を動かしていく。かきまわすような動きになる。

「あっ、それ、違うわ……洗うのよ……」

「洗ってますよ、瑠璃さん」

智司はもう一本、前の穴に指を入れていった。二本の指で、ぐちょぐちょの媚肉をまさぐっていく。

「あっ、ああ……だめだめ……洗うの……いじるんじゃないのよ」

「わかってます、瑠璃さん」

いじるんですよね。いじってほしいんですよね。

さらに二本の指でかきまわしていく。すると、ぴちゃぴちゃと蜜が弾ける音が、瑠璃の恥部から湧き立ちはじめる。

「エッチな音がしますね」

「ああっ、だめっ、洗うのっ」

瑠璃がいきなり立ちあがった。前の穴とうしろの穴から、指が抜ける。ちょっとやりすぎたかな、と思ったが、そうでもなかった。

瑠璃がしゃがんだままの智司の顔面に、剝き出しの恥部を押しつけてきたのだ。

「ああ、舐めて、きれいにして」

かすれた声でそう命じてくる。

智司の顔面は、瑠璃のおんなの匂いに包まれていた。

「う、うう……」

うなりつつ、割れ目に指を添え、開いた。すると真っ赤に燃えた粘膜が、智司の目の前にひろがった。

「ああっ、おま×こっ、ああ、おま×こっ」

童貞まる出しの声をあげる。

「ああ、そんなに見ないで……はやく、舐めて」

「はい、支店長っ」

智司は瑠璃の媚肉に舌を入れる。ぺろぺろと肉の襞《ひだ》を、たまっている愛液を舐めていく。

「あっ、ああっ、それ、それ、いいのっ」

瑠璃が敏感な反応を見せる。

はじめて舐める愛液の味は極上だった。想像していた以上においしかった。これなら、いくらでも舐められると思った。

智司はひたすら、ぺろぺろ、ぺろぺろと瑠璃のおんなの粘膜を舐めていく。舐めても舐めても、あらたな愛液が湧き出てくる。

「あ、ああ、おま×こだけじゃだめ……クリもいっしょに……いじるのよ」

「すいませんっ」

智司は謝りつつ、左手の指でクリトリスを摘まむ。すると、それだけで、

「はあっんっ」

瑠璃がとても敏感な反応を見せた。

やっぱり、いっしょに責めるのがいいんだ。おま×こ舐めにクリいじりだ。

智司はさらに肉襞を舐めつつ、クリトリスをこりこりところがしていく。

「あっ、ああっ、はあっ、あんっ、やんやんっ」

瑠璃の喘《あえ》ぎ声が大きくなる。

「あ、ああ、イキそう……ああ、イッちゃいそうなのっ」

えっ、イクのっ、ああ、支店長、イクのっ。

思わずクリいじりに力が入った。すると、

「あっ、痛いっ」

と、瑠璃が訴える。

「すいませんっ」

あわてて指をクリから引く。

「あんっ、いいのよっ、そのままでよかったのよ」

「そうなんですか……」

「吸って、クリ、吸って」

瑠璃があらたなことを命じてくる。はいっ、と智司は支店長の急所にしゃぶりつき、じゅるじゅると吸いはじめる。

「あ、ああ、あああっ……指、ああ、おま×こ、指っ」

瑠璃が叫ぶ。すいませんっ、とずぶりと二本の指を入れた。すると、

「あっ、い、イクっ」

瑠璃がいまわの声をあげて、がくがくと下半身を震わせた。

濃厚な牝の匂いをまき散らしつつ、しばらくアクメの余韻に浸ると、しゃがんできた。そして、

「立って」

と、瑠璃が言う。

「今度は、私が洗ってあげるわ」

はいっ、と智司は立ちあがった。瑠璃の鼻先でペニスが揺れる。ずっと勃ったままだ。

「あら、ずいぶん汚れているのね」

鎌首が我慢汁で白く染まっていた。

「すいません……」

「いいのよ。たくさん汚れていたほうが、洗いがいがあるわ」

そう言うと、瑠璃がいきなりぱくっと鎌首を咥えてきた。支店長の口の粘膜に包まれ、智司は、ううっとうなる。

瑠璃はくびれで唇を締めると、じゅるっと吸ってくる。由衣のときより、もっと気持ちいい。思えば、ひと晩に、美人姉妹の長女と三女からフェラを受けている。三女は初フェラ、長女はふたり目のフェラだ。

瑠璃が唇を引いた。我慢汁がすべて唾液に塗りかわっていた。瑠璃はペニスの根元をつかむと、裏スジにちゅっとキスしてきた。

「あっ、支店長っ」

支店長と呼ばれても、もう訂正しなかった。支店長と呼ばれながらフェラするほうが、燃えるのかもしれない。

実際、瑠璃は裏スジをねっとりと舐めあげながら、部下を見あげている。その瞳は妖しい絖《ぬめ》りを湛《たた》えていた。

もしかしたら、二年ぶりのペニスなのかもしれなかった。

「おいしいわ、智司くんのおち×ぽ」

「そ、そうですか……あ、あの、支店長のおつゆも……おいしかったです」

瑠璃がまた唇を開き、鎌首を咥えてきた。今度はくびれで止めず、反り返った胴体まで頬張ってくる。と同時に、垂れ袋を手のひらで包んできた。根元まで咥えこみつつ、やわやわと刺激を与えてくれる。

「ああ、ああ、支店長……ああ、いいです」

あらたな我慢汁がどんどん出ているのがわかる。それを、瑠璃は吸いつづけている。

「ああ……もうだめ……欲しくなってきたわ」

そう言うと、瑠璃は洗い場でいきなり四つん這いになったのだ。

3

「ああ、入れて。今度はそのおち×ぽで、洗って。ごしごし洗ってほしいの」

甘くかすれた声でそう言いながら、瑠璃が双臀を差しあげてくる。むちっと熟れた未亡人らしい尻だ。

「ごしごし……していいんですか」

「ああ、して……はやく……」

「あの……でも、支店長と部下が……」

「ここでは、智司と瑠璃でしょう。それに今、智司くん、彼女いるのかしら」

「いません」

「私もいないわ。じゃあ、なんの問題もないでしょう。さあ、つべこべ言っていないで、入れてちょうだい」

「はいっ」

智司は瑠璃の尻たぼをつかんだ。ぐっと割っていく。入口が見える。さっきまで指を入れていたところだ。今度は指ではなく、ち×ぽを入れるのだ。

いきなりの童貞卒業。まさか、思わぬ相手とこんなかたちで卒業するとは、思ってもみなかった。

「はやく、入れて。じらさないで」

もちろんじらしてなどいない。そんな余裕はない。あらたな先走りの汁が出てきている。

先端を尻の狭間に入れていく。初体験がバックは刺激的すぎると思ったが、入口がよく見えるのがよかった。

先端が蟻《あり》の門渡《とわた》りに到達する。それだけで、瑠璃が掲げた双臀をぶるるっと震わせる。

さらに進めると、割れ目に触れた。

「いきます」

「ああ、来て……智司くん」

智司は腰を突き出した。すると一発で、先端がめりこんだ。おんなの粘膜に包まれていく。

こ、これだっ、と一気に突き出していく。ずぶずぶっとペニスがめりこんでいく。

「ああっ、あうっ、うんっ」

瑠璃が火の息を吐く。

「奥までこすって」

はいっ、とさらに深く突き刺していく。

「ああっ、いいわっ、ああ、硬いっ、すごく硬いのっ」

完全にペニスが瑠璃の中に入った。

やったぞっ、男になったぞっ。

「なにしているのっ。ごしごしこするのよっ。女を泣かせて、はじめて童貞卒業なのよっ」

「すいませんっ、支店長っ」

入れただけで、感激してしまっていた。まったく瑠璃のことを考えていない。確かによがらせて、一人前だっ。

智司は尻たぼに指を食いこませ、抜き差しをはじめる。鎌首が出そうなところまで引き、そしてずどんっとえぐっていく。瑠璃のおま×こは狭かったが、大量の愛液が潤滑油となっていた。

「ああっ、いいっ……」

ひと突きするたびに、瑠璃が甲高い声をあげる。

敏感な反応に煽られ、智司はずどんずどんと突いていく。

「あ、ああっ、いい、いいっ」

智司の拙い突きに感じてくれているのはよかったが、瑠璃の泣き声が股間にびんびんくる。はやくもイキそうになる。

はやすぎる、と智司は突きを緩める。すると、

「どうしたの、智司くん」

瑠璃が首をねじって、こちらを見あげた。妖しく潤ませた瞳で見あげられ、智司は暴発しそうになる。まずいっ、と肛門に力を入れる。

「出したいの、我慢しているのね」

「す、すいません……」

「いいのよ。出しても」

「でも、まだ入れたばかりで……」

「えっ、一回出して終わるつもりなのかしら」

「えっ……何度も出していいんですかっ」

「いいわよ、智司くん」

「ありがとうございますっ」

一発で終わらないとなると、このまま出してもいいということだ。

智司は抜き差しの速度をはやめていく。

「あっ、ああっ、いいわっ、そうよっ、もっと突いてっ」

「はいっ、突きますっ」

出そうになってきたが、突く力を弱めず、そのままフィニッシュへと突入した。

「ああ、出ますっ」

「来てっ、出してっ……」

「あ、あああっ、出る、出る……イクっ」

と叫び、智司は瑠璃の中に三十年たまりにたまったものをぶちまけていった。

「おう、おうっ」

夜空に向かって雄叫《おたけ》びをあげ、どくどくと噴射しつづける。

「あ、ああっ……ああ……」

差しあげた瑠璃のヒップが、ぴくぴくと動く。

なかなか脈動が収まらない。やはり三十年は重い。ようやく収まると、智司はペニスを抜いていった。瑠璃の穴からどろりとザーメンがあふれてくる。

それを見て、俺は男になったんだ、と感動する。

瑠璃が裸体の向きを変えてきた。そして膝立ちになると、すぐさま股間に美貌を埋《うず》めてきた。

「あっ、支店長っ、それっ、ああ、汚いですよっ」

ザーメンでどろどろのペニスにしゃぶりつかれ、智司は腰を震わせる。出したばかりのペニスを吸われると気持ちよかったが、くすぐったかった。くすぐった気持ちいというやつだ。

ＡＶで見てて知ってはいたが、初体験に腰がくなくなくねってしまう。

瑠璃が唇を引いた。七分勃ちくらいまで復活している。

瑠璃は立ちあがると、智司の唇を奪ってきた。すぐさまぬらりと舌が入ってくる。

「う、うう……」

智司は瑠璃に圧倒されていた。由衣に続いて、瑠璃ともキス。ベロチュー。しかも、同じ日だ。

これまでの三十年の苦渋の日々がうそのように、女の子とキスできている。

瑠璃は舌をからめつつ、ペニスをしごいてくる。

「うっ、うう……うう……」

股間に新たな劣情の血が集まっていく。瑠璃の手のひらの中で、ぐんぐん力を帯びていく。

「ああ、大きくなったわね」

「はい、支店長」

「そこであぐらをかいてみて」

瑠璃が洗い場を指さす。はい、と智司は言われるままに、洗い場に腰を下ろし、あぐらをかいた。

すると瑠璃が大胆に両足を開き、智司の股間を跨《また》いできた。そして、しなやかな両腕を伸ばし、抱きつきながら、腰を落としていく。

「おち×ぽ、立てていて」

智司はペニスの根元をつかみ、天を向いたままにさせる。

そこに、瑠璃の入口が降りてきた。

鎌首に割れ目が触れる。すると大きく割れ目が開き、そして、ぱくっと鎌首を咥えてきた。

「ああ、瑠璃さんっ」

瞬く間に鎌首が呑みこまれ、そして胴体も咥えこまれていく。

「あうっ、うんっ」

瑠璃も火の息を吐きつつ、たわわな乳房を智司の胸板に押しつけてくる。乳首と乳首がこすれ合う。

どんどん胴体を呑みこみ、完全に咥えこんだ。

対面座位のかたちだ。瑠璃は両足を智司の腰にまわすと、うねらせはじめる。

「あっ、ああ……瑠璃さん」

うねらせつつ、乳房を強く押しつけてくる。そして、火の息を智司の顔面に吐きかけてくる。

最高だった。瑠璃の部下になってよかった。K市に転勤してきてよかった、と出社する前から思った。

「なに、じっとしているのかしら。あなたも動かすのよ」

「すいません……気づかなくて……」

智司も腰を動かしはじめる。ずどんっと突きあげていく。すると、

「ああっ、いいわっ。もっと強くしてっ」

愉悦に染まった美貌を見せつけ、瑠璃がそう言う。

二発目ということもあって、智司は力強く突きあげていく。瑠璃の裸体が上下に動くたびに、とがった乳首が胸板でこすりあげられる。

「ああっ、いい、いいっ」

瑠璃のよがり顔がたまらない。今、俺のち×ぽ一本で、瑠璃をこんな顔にさせているんだ、と思うと、全身の血が沸騰する。

「ああっ、大きくなったのっ」

瑠璃はさらに強くしがみつき、上下に動かしはじめる。智司の上下動に、瑠璃の上下動も加わり、ち×ぽが強烈な刺激を受ける。

「ああっ、そんなにされたらっ」

また、突きあげを緩めてしまう。

「だめっ、なにしているのっ。男でしょうっ。ち×ぽでイカせなさいっ」

完全な上司口調だ。

「イカせないとっ、使えないって、本社に報告するわっ」

「えっ、支店長、困りますっ」

転勤して、初日を迎える前に、支店長からクレームなんて最悪だ。

智司は唇を噛《か》みしめ、腰の動きを強めていく。ち×ぽがとろけそうなくらい気持ちよかったが、そのぶん、気を抜くとすぐに出そうだ。

いくら童貞を卒業したばかりとはいえ、こっちが勝手に続けていくわけにはいかない。そうだ。男なら、イカせるんだっ。

智司は思いきって、渾身《こんしん》の力で突きあげていった。すると、

「あっ、あう……うう……」

瑠璃がイッたような表情を見せた。

「イキましたか、瑠璃さんっ」

「イッてないわ……ああ、でも、イキそうよ」

「そうなんですねっ、イキそうなんですねっ」

あと少しだ。あと少し締めつけに耐えて、瑠璃をイカせるんだっ。

「あああ、イカせてっ、おち×ぽでイカせてっ」

「イカせますっ、イカせますっ、支店長っ」

とは言いつつも、智司も限界に来ていた。

もうだめだっ、我慢できないっ。出るっ、と最後の一撃を瑠璃の子宮にぶつけていった。すると、

「あっ、い、イク……イクイクっ」

瑠璃が叫んだ。おま×こが万力のように締まり、智司も果てた。

「おう、おう、おうっ」

瑠璃のいまわの声をかき消すような声をあげて、智司は射精した。

「あう、うん……うん……」

瑠璃がうっとりとした美貌をさらし、火の息を吐いた。

脈動が収まると、瑠璃のほうからキスしてきた。お互い、イッたよさを伝えるように舌をからめ、そして瑠璃が唇を引いた。

「おめでとう、谷村くん」

「ありがとうございます、支店長」

瑠璃をイカせて、そこで童貞を卒業したんだ、と智司は知った。

4

翌朝——ペンションの客たちに朝食を出す前に、智司たちは軽い朝食をとっていた。
四人でテーブルを囲んでいる。

菜々美と由衣はＴシャツにジーンズだったが、瑠璃だけタンクトップにショートパンツだった。いちばん大人の瑠璃が、いちばん肌を出していた。

二の腕の白い肌は絖り、胸もとも女を主張するように高く張っていた。

「姉さん、なんか、すっきりした顔しているね」

菜々美がそう言う。

「あら、そうかしら」

と言って、瑠璃が智司を見つめる。ドキリとする。見つめられただけで、朝から勃起させていた。

「温泉に浸かったからかしら」

「うそ、毎週浸かっているじゃないの」

「そうね……昨日の温泉はなんかよかったわ」

そう言いつつ、瑠璃がじっと智司を見つめている。その視線に気づき、

「あら……」

菜々美が智司を見つめる。由衣も見つめている。由衣は悲しそうな顔をしていた。

「いい週末だったわ。とてもリフレッシュできたわ。ねえ、谷村くん」

瑠璃が聞いてくる。

「はい、リフレッシュできました」

と、智司は答えた。


月曜日――。

「本社から来てくれた谷村智司さんよ」

支店の社員たちの前で、瑠璃が紹介した。

「はじめまして、谷村です。よろしくおねがいします」

智司は深々と頭を下げる。

「谷村さんは即戦力になりそうよ」

そう言って、瑠璃が智司を見つめた。智司は職場の仲間の前で、勃起させていた。

第三章　処女の花びら

1

木曜日。支店に勤務しはじめて四日が過ぎた。同僚たちはフレンドリーで仕事がやりやすかった。とりあえず、やっていけそうでホッとしていた。

ホッとすると、智司の脳裏に浮かんでくるのは、週末のことだ。今週末も、瑠璃は菜々美のペンションに手伝いに行くのだろうか。智司を誘ってくれるのか。

あの夜の、濃厚なエッチを思い出すたびに、すぐに勃起させていた。

当たり前だが、勤務中は、瑠璃は支店長の顔になっていた。的確な指示をてきぱきと出す優秀な上司だった。

「お疲れ様です」

終業時間になると、瑠璃は次長といっしょに出かけていった。今夜は、大きな得意先の接待だった。

今夜はアパート近くの定食屋でも開拓しようか、と思っていると、由衣からメールが入った。

――夕ご飯、どうですか。由衣の手料理ご馳走《ちそう》しちゃいます。

「手料理っ」

彼女いない歴年齢の智司には、もちろん女の子の手料理を食べた経験がない。童貞を卒業した今、こういったものがより魅力的に感じた。

――いいのかな、ご馳走になって。

と送ると、すぐに、マンションの地図が送られてきた。

――自転車で十分くらいです。

とある。

由衣は大学入学と同時に、瑠璃といっしょに住んでいると聞いていた。瑠璃は今夜接待で夕ご飯は食べない。それを狙って誘ってきたようだ。

ということは、ご馳走になるのは手料理だけではない気がする。

由衣ともエッチっ。

長女で童貞を卒業して、すぐにまた、三女ともエッチ。

実現したら、夢のようだ。

智司は仕事を終えると、胸を躍らせて自転車を漕ぎ、瑠璃と由衣が住むマンションへと向かった。五階の角が、ふたりの部屋だった。

チャイムを鳴らすと、待つほどなく、ドアが開いた。

「いらっしゃい」

「ゆ、由衣ちゃん……」

目の前には、エプロン姿の由衣が立っていたのだが、一瞬、裸エプロンに見えていた。

「どうしたんですか」

「い、いや……裸エプロンに見えてしまって」

「まさか、着てますよ」

由衣がぐるりと身体をまわしてみせる。

エプロンの下に、タンクトップとショートパンツを着ていた。正面から見ると、一瞬、下のものが見えずに、裸エプロンに見えていたのだ。

「智司さん、そんな妄想しているんですか」

由衣ちゃん、智司さん、とは、ペンションの最終日の朝食のときから、そう呼び合うようになっていた。

「いや、そうじゃないんだけど……」

「どうぞ」

その場にしゃがみ、由衣がスリッパを出してくれる。

すると、エプロンとタンクトップが前に垂れ、ぷりっと張ったバストがのぞく。豊満ゆえに、ちょっと前屈《まえかが》みになるだけで、空いた胸もとからのぞいてしまう。

「どうぞ、智司さん」

なかなかスリッパを履かない智司を、由衣が見あげている。目が合わず、智司の目が胸もとに向いているのに気づいたようだったが、なにも言わず、そのましゃがんだままでいる。

「あっ、ごめん……」

智司はあわててスリッパを履く。

「どうぞ」

立ちあがった由衣が廊下を奥へと進む。当然というか、智司の視線は、ショートパンツからすらりと伸びた由衣のナマ足に向かう。

すらりとした美脚だ。ショートパンツはぴたっと貼りつくタイプで、ぷりっとしたヒップラインも堪能できる。

いきなり見所満載の由衣だ。もしかしたら、ペンション最終日の瑠璃の格好を意識したのかもしれない。

リビングの隣にダイニングがあり、オープン型のキッチンがある。

「パスタ、好きですか」

「好きだよ」

いい匂いがしてくる。ダイニングテーブルに座り、キッチンに立つ由衣を見つめる。

剝き出しの二の腕、エプロン越しの高く張った胸もとに、どうしても目が向く。

由衣がお盆にパスタを盛った皿を乗せて、やってくる。

「カルボナーラです」

と言って、智司の前に置く。

「おいしそうだ」

サラダも運び、自分のも運ぶと、由衣が向かいのテーブルについた。

いただきます、とフォークをパスタに巻きつけていく。口に運ぶ。うまい。

由衣はじっと智司を見ている。

「おいしいよ」

と言うと、よかった、と笑顔を見せた。

智司は感激していた。長年の夢が叶《かな》っていた。エプロン姿の美女の手作りの夕ご飯を食べているのだ。

食後にはリビングに移動して、コーヒーまで出た。リビングは、甘い匂いに包まれていた。瑠璃と由衣の匂いが混ざり合っている極上の匂いだ。

由衣はエプロンを取ると、ソファの隣に座った。タンクトップからあらわな二の腕が眩《まぶ》しい。

「この前、瑠璃姉さんとしたのよね」

由衣が聞いてきた。

「ごめん……」

「やっぱり……」

「ごめんね……」

「瑠璃姉さん、すごくすっきりした顔していたもの。たぶん、未亡人になって、初エッチだと思うな」

「そうなの……僕が二年ぶりの相手なのっ」

「うん」

と言って、由衣が智司を見つめる。

つぶらな瞳で見つめられるだけで、ドキドキする。

「また、するよね」

由衣が聞く。

「わからないよ……あれっきりかもしれないし」

「瑠璃姉さんに誘われたら、するんでしょう」

「たぶん……」

瑠璃に誘われて断るなんて、無理だと思った。

「じゃあ、私ともして、智司さん」

「えっ……僕は彼氏じゃないよ。それに……」

「童貞じゃないって、言うんでしょう」

「そう」

由衣は童貞好きなのだ。童貞好きだから、智司にも興味を持ったのだ。瑠璃とエッチをして、イカせて、もう童貞ではなくなっている。

「でもね、今、ずっと見てるけど、智司さん、童貞っぽいよ」

「そ、そうかな……そうかもね……」

一度、ヤッただけで、三十年間かけてこびりついた童貞臭さは消えないかもしれなかった。

「だから、童貞っぽい間に、由衣として。ねえ」

と言って、由衣が美貌を寄せてくる。あっと思ったときには、唇が重なっていた。

口を開くと、すぐさま、ぬらりと舌を入れてくる。

舌と舌とをからませ合う。

「うんっ、うっんっ、うん……」

由衣は悩ましい吐息を洩らして、積極的にベロチューしてくる。

由衣が唇を引いた。恥ずかしそうに、頬を赤らめる。

2

「ああ、これって、なんかデートみたいだね」

彼女の部屋に来て、手作りの夕ご飯をご馳走になり、そのあと、彼女とベロチューに耽《ふけ》る。まさに、智司が思い描いていた理想のデートだ。

「初デートですか」

「そうだね。デートならね」

「デートですよ……」

はにかむような表情を見せて、由衣がそう言う。

「これって、デートなのっ」

智司は素っ頓狂な声をあげる。

「そうですよ」

「でも僕、彼氏じゃないよね」

「もう、キスもしてるし、フェラもしてるし……裸見られてるし……おっぱい揉まれているし……それに、飲んだし……彼女でしょう」

「由衣ちゃんっ」

智司は由衣を抱きよせていた。今度は智司からキスしていく。舌を入れると、由衣がからませてくる。

由衣の剝き出しの肌から、甘い体臭が薫ってくる。それが、さっきより濃くなっていた。

智司は舌をからませつつ、タンクトップの胸もとをつかんでいた。バスタを食べている間も、ずっとつかみたいと思っていたのだ。

「うう……」

由衣が火の息を吹きこんでくる。

タンクトップ越しではすぐにもどかしくなり、裾をつかむとぐっと引きあげていく。

由衣は舌をからめたまま、されるがままに任せている。

いきなりバストがあらわになった。ぷるるんっと弾む。

智司は唇を引くと、むんずと鷲づかんでいく。由衣の乳房はかなり豊満で、手のひらからはみ出す。こねるように揉むと、ぷりぷりと弾き返してくる。若さが詰まった処女の乳房だ。

揉んでいると、乳首がぷくっととがってくる。

智司は反射的に、由衣の乳房に顔を埋めていった。乳首を口に含むと、じゅるっと吸っていく。

「あっ、あんっ……」

由衣が敏感な反応を見せる。その反応に煽られ、智司はさらに強く吸っていく。

「あ、ああ……智司さん」

由衣の上半身がぴくぴくと動く。乳房から、甘い体臭が立ち昇ってきている。

智司は右のふくらみから顔を上げると、すぐに左のふくらみに顔を埋める。左の乳首を吸いつつ、右の乳首を指でころがしていく。

「ああ、ああんっ……やっぱり、瑠璃姉さんとしてるのね……ああ、上手になってるっ」

確かに、秘湯のときより、余裕ができていた。あのときは、ひたすらひとつの乳房を舐めることだけ考えていて、左右同時に責めることまで頭がまわらなかった。でも今は、左の乳首を吸いつつ、吸ったばかりの右の乳首をいじっている。

「ああ、由衣も舐めたいっ、乳首舐めたいですっ」

由衣が言い、智司のポロシャツの裾をつかむと、引きあげていく。そして、あらわになった乳首に、すぐさま吸いついてきた。

じゅるっと吸われ、ああ、とかすれた声を洩らす。

とにかく由衣の乳首舐めは絶品だ。唇を引くと、智司を見あげつつ、ピンクの舌で乳首をなぎ倒してくる。

「ああ……それ……いい……」

「童貞っぽいです」

と言って、由衣がさらにぺろぺろと乳首を舐めあげる。

智司は腰をくねらせていた。ペニスはずっとびんびんで、ブリーフがきつい。

「おち×ぽ、出したいですか」

「出したいよ。出していいかな」

「もちろんいいですよ。おち×ぽ出さないと、エッチできませんから」

と言って、頬を赤らめる。

「由衣ちゃん、処女だよね」

「はい……」

小さくうなずく。

「僕がはじめてでいいのかい」

「はい。智司さんで卒業したいです。卒業しないと、先に進めませんから」

「先に……」

「エッチってすごく気持ちいいんですよね。私も瑠璃姉さんみたいに、すっきりした顔になりたいです」

「そ、そうなの……」

智司はポロシャツを脱ぎ、上半身裸になると、ジーンズのベルトを緩めていく。それを見て、由衣も鎖骨まで引きあげられているタンクトップを脱いでいく。両腕を上げるかたちとなり、腋《わき》の下がちらりとのぞく。

腋の下を見ながら、ジーンズを脱ぐ。

「ああ、すごい、ぱんぱんでつらそう……」

もっこりとしているブリーフを見て、由衣がそう言う。

タンクトップを脱ぎ、ショートパンツだけになった由衣が、またエロかった。ショートパンツは股間にぴたっと貼りついている。裾は切りつめていて、太腿《ふともも》のつけ根まであらわだ。

ブリーフに手をかけると、由衣が脱がせます、と言って、ソファの前に立っている智司の足下に膝をつく。そして、ブリーフを下げていく。

由衣の小鼻をたたかんばかりに、弾けるようにペニスがあらわれた。びんびんなのはもちろんのこと、すでに先端が先走りの汁まみれとなっていた。

「あっ、我慢のお汁がたくさん。えっ、我慢していたんですか」

「我慢していたよ」

「えっ、いつからですか」

「玄関で、エプロン姿の由衣ちゃんを見てから、ずっとだよ」

「そうなんですかっ。ごめんなさいっ、ずっと我慢させていて」

と言うなり、愛らしい顔を寄せて、ぺろりと鎌首を、先走りの汁を舐めてきた。

「あっ、由衣ちゃんっ」

ひと舐めで、智司は腰を震わせる。童貞ではなくなったとはいえ、瑠璃相手に一度しただけだ。由衣の言うとおり、童貞っぽさは抜けていない。というか、何回すれば童貞っぽさが抜けるのだろうか。

由衣はぺろぺろ、ぺろぺろと先端を舐めていたが、根元をつかむと、裏のスジに舌を向けてきた。

「ここですよね」

と聞きつつ、ぞろりと舐めあげる。

「あっ、そこだよっ」

智司は情けない声をあげてしまう。とにかく、気持ちよかった。秘湯のときより感じている。それは恐らく、ここが由衣の部屋であると同時に、瑠璃の部屋でもあるからだ。

実際、瑠璃の匂いもずっと感じている。なんか、そばに瑠璃がいるような錯覚を感じるのだ。

「ああ、また、たくさん出てきました」

裏スジを責められ、あらたな我慢汁を出してしまう。

由衣は唇を大きく開くと、ぱくっと鎌首を咥えてきた。先端が由衣の口の粘膜に包まれる。

「ああ、いいよっ」

智司は腰をくなくなさせてしまう。由衣はそのまま、反り返った胴体まで頬張り、根元まで咥えこんできた。

やはり、ペニス全体が包まれるのがいちばん気持ちいい。すべて呑みこむと、吸いあげてくる。何度か上下させると、息が苦しくなったのか、唇を引き、はあっ、と息継ぎをした。

「あの……ベッドに行きませんか」

と、由衣が言う。

智司はうなずく。由衣が手を繋いできた。五本の指を、しっかりと智司の五本の指にからめてくる。

おうっ、これは恋人繋ぎというやつじゃないのかっ。もちろん、これも初体験だ。

智司は素っ裸、由衣はショートパンツだけで、リビングを出る。

「ちょっと待ってて」

と言うと、由衣はリビングに戻り、自分の服と智司の服をかき集めて、戻ってきた。

「瑠璃姉さんが、はやく帰ってきたら、やばいから」

「そ、そうだね……」

廊下を進むと、ここ、と言って、ドアを開いた。

すると、いきなりベッドが見えた。

「隣が、瑠璃姉さんの部屋」

「そうなんだ……」

由衣が先に入る。六畳くらいか。服を椅子に置いた。

「あら……」

由衣が智司の股間を見て、そう言う。智司のペニスは小さくなっていた。由衣のベッドを目にした瞬間、縮んでいた。

由衣はショートパンツに手をかけた。フロントのボタンをはずすと、脱いでいく。

すると、とてもちっちゃなパンティがあらわれた。割れ目の部分だけしか隠していないパンティだ。

ショートパンツ自体が小さいから、中のパンティもそれ以上に小さくないとはみ出てしまう。

色は白で、恥毛が透けて見えている。

由衣はすらりと伸びた足からショートパンツを抜いた。

3

「やっぱり、由衣では興奮しないんですか」

由衣が悲しそうな顔をする。ダイナマイトボディを前にして、ち×ぽを小さくさせるのは、由衣のこれまでの彼氏と同じだ。

俺は違うぞ。もう、瑠璃相手に童貞は卒業したぞ。ち×ぽ一本で、イカせてもいるんだっ。

「そんなことはないよ。ただ、ちょっと……」

「瑠璃姉さんに悪いと思って、小さくさせているんでしょう」

「それは違うよ……由衣ちゃん、処女だし……僕なんかでいいのかなって」

「智司さんじゃなきゃだめなの……だって、童貞じゃないのに、童貞っぽいから……

そんな人、なかなかいないから……童貞くんは、私の身体見て、みんな小さくさせるから」

由衣は極小パンティも股間から下げていった。淡い陰りと、処女の花唇があらわれる。それでも緊張が勝って、縮んだままだ。

「もう……」

頬をふくらませて、由衣が寄ってくる。そして、智司の胸板に美貌を埋めてきた。乳首を含み、じゅるっと吸ってくる。

「ああ……」

気持ちいい。由衣に舐められると、乳首ってこんなに気持ちいいんだ、と思ってしまう。

由衣がペニスをつかんできた。まだ小さいままだ。すると、由衣が乳首に歯を立ててきた。甘噛みしてくる。

「あっ、それっ」

由衣は右の乳首から唇を引くと、すぐさま左の乳首を唇に含み、こちらも甘噛みしてくる。

「ああ、ああ……」

噛み加減が絶妙だった。童貞くん相手に甘噛みしまくっていたのか。

「大きくなってきた」

と、由衣が言う。見ると、確かに半勃ちまでになっていた。

「瑠璃姉さんと本当にエッチしたんですか」

「まあ、ね……」

「ふうん」

と言い、由衣はまた胸板に美貌を埋め、乳首に歯を立ててくる。

「あ、あんっ……」

女のような声をあげてしまう。

「すごいっ、びんびんになったよ、智司さんっ」

見ると、いつの間にか天を衝《つ》いていた。

「そんなに乳首、好きなんですね」

「そ、そうかな……」

「由衣の乳首も、勃ってきました」

見ると、乳輪に埋まっていた乳首が芽吹いてきていた。

智司は由衣の乳房に顔を埋めていった。とがりつつある乳首をじゅるっと吸ってい
く。

「あんっ……」

吸うだけで、由衣が甘い声を洩らす。

智司は右の乳首を吸いつつ、左のふくらみをつかんでいく。五本の指でぐっと揉みこむ。するとすぐに弾き返してくる。若さが詰まっている。

「ああ、由衣のも噛んでみて……智司さん」

「いいのかい」

「智司さんになら……ああ、噛まれてもいいかな」

じゃあ、と智司はとがってきた乳首の根元に歯を当てる。それだけで、由衣の身体がぴくっと動く。と同時に、緊張が伝わってくる。

智司はそっと歯を立てていく。

「あっ、あうっ」

痛いのか、と歯を引く。

「噛んでっ、噛んでっ」

由衣に急《せ》かされ、智司は甘噛みしていく。

「あうっ、うんっ……」

由衣の身体ががくがくと震え、一気に汗ばんでくる。由衣の乳首を甘噛みして、智司のペニスはさらにこちこちになる。

「ああ、すごいっ、智司さんっ」

由衣が完全勃起させたペニスをぐいぐいしごいてくる。

「あっ、そんなにしたら、だめだよ……」

「うそ、まだ出さないよね」

「そ、そうだけど……」

と言いつつも、このましごかれつづけたら、あっさり出しそうだ。それくらい、由衣の部屋での前戯は刺激的だった。

「ベッドに……」

と言い、由衣はペニスをつかんだまま、ベッドへと誘う。かけ布団をめくると、白いシーツが迎える。

そこに由衣が上がり、ペニスを引かれるまま、よろめくように智司も上がった。

由衣が仰向けになった。

「ああ、なんか恥ずかしい……」

智司を見あげ、右腕で乳房を左手の手のひらで恥部を覆う。

「来て、智司さん。由衣にください」

「あの……入れる前にいいかな」

「なんですか……」

「見たいんだ、由衣ちゃんのあそこを、処女のあそこを」

「ああ……恥ずかしいけど……見ていいよ……いえ、むしろ、見てほしい。智司さんの目に、由衣の処女のあそこを焼きつけておいてほしいなあ」

そう言うと、由衣が左手の手のひらを恥部から脇へとずらしていく。

あらためて、智司の前に、処女の入口があらわれる。

ベッドの上で見る入口は格別だった。だって、これから入れる割れ目なのだ。入れていい、と言われている割れ目なのだ。

智司は揃《そろ》えている由衣の両足をつかむと、ぐっと割っていった。

「はあ……恥ずかしい……」

由衣が甘くかすれた声をあげるが、もう恥部を隠したりはしない。

智司は割れ目に指を添えた。

「開くよ」

「はい……」

ぐっとくつろげていく。すると、目の前で花びらが開いた。

「ああ、すごいっ」

思わず感嘆の声をあげる。もちろん、すでに瑠璃のおま×こを見ていたが、あのときは一瞬だった。すぐに顔に押しつけられ、必死に舐めるだけだった。

「もう、瑠璃姉さんの見ているでしょう」

「そ、そうだね」

「比べて、どうかな。由衣のお、おま×こ、瑠璃姉さんと比べてどうかな」

「きれいだよ。ピンクだ。ピュアなピンク色だよ」

「瑠璃姉さんのは、どうだったの」

「赤かった。燃えていたよ。大人の女のおま×こだったよ」

「じゃあ、由衣はまだ子供なのね……ああ、女にして……智司さんのおち×ぽで、由衣のおま×こ、大人にしてください」

由衣がそう言っている間にも、ピンクの花びらがひくひくと動いている。奥にうっすらと膜のようなものが見える。あれが、処女の膜だろう。

あれを俺がこれから破るのか。そんなことしていいのか。

でも、由衣自身が、膜の持ち主が破ってください、と言っているのだ。

「ああ、いい匂いがするよ」

「えっ、そうなの……」

「いい匂いだよ」

と言うと、智司は顔面を花びらに押しつけていく。無垢《むく》な匂いがした。鼻に湿り気を覚える。

「舐めるね」

「はい……」

智司は舌を出すと、由衣の花びらを舐めていく。未亡人の姉に続いて、その妹の処女の花びらを舐められるなんて、これはもう奇跡だと思った。

こんな奇跡が訪れるために、三十年間もの間、女運をためにためてきたのかもしれない。悶々《もんもん》としていた高校生、大学生の頃の自分に、三十になるまで待てばいい、と言ってやりたい。

「ああ、どう。由衣のおま×この味……ああ、瑠璃姉さんと比べて、どう」

とにかく、由衣は長女の瑠璃を気にする。

智司に処女をあげたくなったのは、童貞っぽいこともあるだろうが、すでに瑠璃とエッチをしていることが大きい気がした。

智司はぺろぺろと処女の花びらを舐めていく。

「ああ、どうかな」

「おいしいよ。瑠璃さんの汁は濃かったけど、由衣ちゃんの汁は、あっさりしているよ」

「そうなの……おいしいんだね」

花びらがうれしそうにきゅきゅっと動いた。

濃いめの蜜を出させようと、智司はクリトリスに口を向けた。ぞろりと女の急所を舐めあげる。すると、

「あっ、あああっんっ」

と、由衣が敏感な反応を見せた。

智司も昂《たかぶ》り、強く舐めあげていく。

「ああ、あああっ、クリ、クリっ……ああ、いいのっ」

由衣がシーツの上で、瑞々しい裸体をくねらせる。自ら恥部を智司の顔面に押しつけるようにしてくる。

どんな顔をしているのか見たくて、股間から顔を上げる。

「あんっ、もっと」

由衣がせがむような目で見あげている。

「あっ、ごめん」

智司はろくに顔を見ぬまま、再び由衣の恥部に顔を埋めていく。

「ああ、由衣の汁も濃くして……ああ、濃くなりたいの」

由衣に言われ、またクリトリスを吸っていく。吸いつつ、割れ目から少しだけ指を入れて、花びらを撫でていく。

「ああ、ああっ、クリ、クリ、クリっ」

由衣ががくがくと腰を震わせる。

「あ、ああ……い、イキそう……ああ、イッていい？　ああ、由衣、イッていいですかっ」

と叫ぶ。いいよ、と返事をしたかったが、クリから口を離すと、イクにイケないだろう。いいよ、と伝えるように、強く吸っていく。

「ああ、だめだめっ……イッちゃうっ……ああ、由衣、イッちゃうのっ」

由衣の背中がぐっと反りあがってきた。ブリッジ状態となり、

「イクっ」

と告げると、汗ばんだ裸体を痙攣《けいれん》させた。

「はあっ、ああ……ああ……」

由衣はブリッジのかたちのまま、荒い息を吐きつづける。

「今、濃くなっているかも……舐めて、智司さん」

由衣がかすれた声でそう言う。

4

智司はあらためて、由衣の花びらを見た。そこはどろどろの蜜であふれ、ピンクも濃く色づいていた。

「舐めて……」

色づいた花びらをもっと見ていたかったが、由衣に急かされ、顔を埋めていく。さっきより濃いめの匂いになっている。舌を出し、ぺろりと蜜を舐めていく。

「あっ、ああっ」

舐めただけで、由衣が甘い喘ぎを洩らし、ぶるぶるっと下半身を震わせる。かなり敏感になっている。

「どうかな、由衣のお汁……」

「ちょっと濃くなってきたよ」

「エッチしたら……処女じゃなくなったら……もっと濃くなるかな」

「なると思うよ」

「ああ、入れて……ああ、今すぐ、智司さんのおち×ぽください」

わかった、と智司は顔を上げ、ペニスを見る。見事に反り返ったままだ。先端はあらたな我慢汁で白く汚れている。

それを、由衣の股間に向けていく。

先端が割れ目に触れた。

「あっ……」

由衣の裸体がぴくっと動く。と同時に、裸体が固まっていく。

「リラックスして、由衣ちゃん」

「無理です……」

さらに由衣は固まる。ぎゅっと手のひらを握りしめている。

もちろん智司も緊張していたが、瑠璃で卒業しているぶん、がちがちではなかった。

瑠璃としていなかったら、童貞と処女で、お互いがちがちだっただろう。

やっぱり、男は経験が大事なのだ。

ありがとう、瑠璃さん。瑠璃さんのおかげで、妹の処女膜を破れます。

智司は長女に感謝しつつ、腰を突き出した。

野太い鎌首が割れ目にめりこんでいくが、いやっ、と由衣が腰を動かした。鎌首が抜ける。

「ごめんなさい……いやじゃないの……」

「わかっているよ」

大きなち×ぽが侵入しようとしているのだ。反射的に腰が逃げるように動いてしまうのだろう。

智司はもう一度、鎌首を割れ目に押しつける。

「入れるよ」

「はい……」

由衣がこくんとうなづき、鎌首をめりこませようとする。だが、今度は入口を捉えられず、押し返された。

「ごめん」

今度は智司が謝る。

「ううん……」

二度失敗して、緊張が勝りはじめてきた。まずい。びんびんだったペニスから力が抜けようとする。はやく入れないと、と鎌首を割れ目に押しつける。

だが、今度は勃起不足で、押しこめない。瑠璃のおま×こなら、入ったかもしれないが、なにせ、はじめてなのだ。穴は小さく、きつい。

昂りよりもあせりが勝り、半勃ちまで萎えてしまった。

それに気づいた由衣が、上体を起こしてきた。ちゅっとキスしてくる。そしてぬらりと舌を入れつつ、右手で乳首を摘まんできた。

「うう……」

乳首をひねりつつ、左手でペニスをつかみ、しごきはじめる。

「う、うう、ううっ」

股間にあらたな劣情の血が集まってくる。ぐぐっ、ぐぐっと力を帯びていく。

ベロチューしつつの乳首ひねりが利いていた。ただち×ぽをしごかれても、こうはならなかっただろう。

童貞の彼氏相手で苦労しているだけに、童貞が萎えたときの復活方法を知っているのだろう。まあ今、智司が童貞だったら、これでも復活はしなかっただろうが。実際、元カレたちは復活はしていないのだ。だから、由衣は処女のままなのだ。

「ああ、大きくなってきました」

八分まで大きくなってきた。だが、まだびんびんではない。やはり、鋼の状態でないと、処女穴には挿入は無理だ。

「乳首、噛んでみて」

と、智司は言う。はい、とうなずき、由衣は乳首を含んでくる。乳首を含まれるとベロチューできなくなるが、仕方がない。

ふと、智司の脳裏に、瑠璃とベロチューしつつ、由衣に乳首を吸われている恥態が浮かんだ。

そのタイミングで、由衣が乳首の根元に歯を当ててきた。甘く噛んでくる。

「あう、うう……」

「あっ、すごいっ、こちこちになりましたっ」

由衣が声を弾ませる。

「そんなに噛まれると気持ちいいんですか」

と聞いてくる。

「そ、そうだね……」

乳首を噛まれたからびんびんになったのか、それとも瑠璃と由衣の美人姉妹ふたりを相手にしているところを想像したからびんびんになったのか……。

きっと相乗効果だ。いずれにしても今だっ。すぐに入れるんだっ。

「寝て、由衣ちゃん」

はい、と由衣があらためて仰向けになる。智司は両足をつかみ、ぐっと開くと、鋼のままのペニスの先端を、処女の入口に当てていく。

「行くよ」

「はい……今度は逃げません」

決意の表情で、由衣が見あげてくる。

智司は腰を突き出した。野太く張った鎌首が割れ目にめりこむ。すると、あっさりと入っていった。

「あっ……」

先端が、由衣の花びらに包まれる。押し出さすような動きを見せる。せっかく入れたのに、ここで押し出されたらまずい、と智司は強く突き出した。

「あう、うう……い、痛いっ」

「あっ、ごめんっ」

鎌首が処女膜を突き破っていた。それはとても薄く、あっけなく破れていた。と同時に、強烈に締めあげられる。

「うう、きつい」

「あう、うう……うう……」

鎌首をめりこませ、処女膜を破ったところで、止まっていた。

「ああ、奥まで入れて……」

由衣が瞳を開いて、そう言う。美しい黒目には涙がにじんでいた。破瓜《はか》の痛みに涙を流しているのか、それとも処女膜を破られた感激で泣いているのか。

智司はぐぐっと肉の襞をえぐるように進める。

「痛いっ」

「ごめん……」

「やめないで……もっと痛くして」

「いいのかい」

「いいの……今夜、しっかり、女になりたいの」

わかった、と智司はさらにえぐっていく。思えば、瑠璃で男になってはいたが、瑠璃は大人の女性だ。うまくリードしてくれた。でも今は、智司がリードしなくてはいけない。リードしてこその男だ。

しかし、由衣のおま×こはきつきつだ。蜜が出ているから、こすれる感じはなかったが、さっきべろべろ舐めていなかったら、こすれていたかもしれない。そうなると、もっと由衣は痛かったはずだ。

そうだ。もっと濡らさないと。

智司はクリトリスを摘まんだ。するとそれだけで、由衣の裸体がぴくっと動き、さらに締まってきた。

クリトリスを優しくころがしはじめる。

「あ、ああっ……あああっ、ああああっ」

さっきよりもっと敏感な反応を見せる。

「気持ちいいかい」

「ああ、ああっ、いい、いいっ、クリ、すごくいいのっ……ああ、お、おち×ぽ入っているからかな……あ、ああああっ、いいのっ」

由衣が感じてくれているのはよかったが、ただでさえ締まりのいいおま×こがより強く締まってくる。これは諸刃《もろは》の剣《つるぎ》だ。

蜜を出させるためにやっていることが、暴発を誘導している。

まだ出せない。緊張が半端ないから、一度出すと、すぐには勃起しない気がした。

瑠璃相手では何度でも勃つ気がしたが、この状況では、この一発だけな気がする。

智司はクリトリスをいじりつつ、鎌首をじわじわと進める。

「ああっ、ああっ、もっと奥まで欲しいのっ」

胴体まで締められ、智司は暴発に耐えていた。由衣のおま×こは気持ちよかったが、気持ちよすぎて、はやくも限界が来ていた。

「あ、あの……由衣ちゃん……」

「な、なに……」

「あのね……」

「どうしたの」

「あの、もう、出そうなんだ……由衣ちゃんのおま×こ、よすぎて……もう出そうなんだよ」

「えっ、そ、そうなの……まだあんまりおち×ぽ、動かしていないよね」

「そうなんだけど……出そうなんだよ」

「うれしい……」

はにかむような表情を見せて、由衣が言う。

「えっ、うれしい？」

「だって由衣のおま×こが、いいからでしょう。瑠璃姉さんよりいいからでしょう」

「そ、そうだね……いいよ……いいから、出そうなんだ」

「出していいよ……」

まっすぐ智司を見つめ、由衣がそう言う。

「ありがとう、由衣ちゃんっ」

由衣のゆるしを得て、智司はち×ぽを動かしはじめる。不思議なもので、出していい、と許可を得ると、すぐには出ない。耐えられる。

「あう、うう……ああ……」

わずかの前後の動きでも、由衣はつらそうで、それでいて、ち×ぽを感じる女としての喜びのような表情も見せていた。

ずっと眉間に深い縦皺《たてじわ》が刻まれていたが、ただただ苦悶の縦皺というわけではなくなる。

「ああ、すごく締めてくるよ、由衣ちゃん」

「どっちがっ、ああ、瑠璃姉さんのおま×こと、どっちが締まるのっ」

「由衣ちゃんだよっ。ああ、締めすぎだよっ。ああ、出るよ」

「出してっ、ああ、出して、智司さんっ」

最後は渾身の力をこめて、ずぶりと奥まで突き刺した。

「ううっ……」

由衣の眉間の縦皺がさらに深くなったのを見ながら、智司は射精させた。

「おう、おうっ」

雄叫びをあげて、由衣の中に噴射する。

「あっ、うそ……ああ、うそうそ……すごい……ああ、ああ、たくさん、感じるの」

脈動はさらに続く。週末、瑠璃と由衣相手に出しまくったが、仕事がはじまってからは自慰もしていない。さすがに転勤してすぐだけに、それどころではなかった。

ただ、三十年も童貞だったわけだが、たった四日エッチしていないだけでも、たまった感じがしていた。

ようやく脈動が収まった。智司が抜こうとすると、

「待って。このままでいて」

と言って、由衣が両腕を伸ばしてくる。

智司は抜く動きを止めて、上体を伏せていく。胸板で豊満な乳房を押しつぶしつつ、顔を寄せると、キスしていった。

「うんっ、うっんっ」

由衣は二の腕にしがみつき、舌をからめてくる。おま×こがきゅきゅっと動き、萎えようとしているペニスを締めてくる。

「ううっ」

思わずうめく。

「どうしたの」

「締めているんだよ。すごく締めているんだ」

「そうなの……意識していないけど……ああ、うれしいです。たくさん、由衣の中に出してもらえて……」

由衣をあまり気持ちよくできず、ひとりだけ先に中出しして感謝されるとは。

「もうしばらく、このまま入れていて」

「いいのかい……たくさん出したままだけど……」

「いいの……このままがいいの」

もっとキスして、と由衣が唇を重ねてきた。

5

金曜日。給湯室でコーヒーを飲んでいると、瑠璃が入ってきた。

昨晩の由衣とのことがあり、ドキリとする。顔に出たかもしれない、とあせる。

瑠璃は職場ではクールビューティだ。伊達眼鏡が知的な雰囲気を出している。

露天風呂でのことがうそのように思えてくる。

瑠璃がそばに寄ってきた。すうっと美貌を寄せて、キスしてきた。

あまりに不意で、智司は上司のキスを受ける。舌で突かれ、口を開くと、ぬらりと入ってくる。

智司は瞬時に勃起させていた。仕事中での職場でのキス。それはいちばんの憧れだった。童貞の妄想にすぎなかったことが今、現実に起こっている。

唇を引くと、瑠璃はクールに笑い、

「谷村くんの顔を見てたら、キスしたくなったの」

と言った。

「週末、予定あるかしら」

「いいえ、なにも……」

「じゃあ、また妹のペンションに行く？」

「行きますっ」

「やっぱり週末になってくると、疼《うず》いてくるわね」

「そ、そうですね……たまってきます」

「あら、そうなの。なんか、すっきりした顔しているから、どこかの穴に出したのかと思ったわ」

「えっ……」

またも不意をつかれ、智司は軽く流すことができない。

「あら、図星なのかしら」

「いえ、どこにも出していませんっ」

と、大きな声を出してしまう。すると、

「声が大きいわ」

と言って、口を塞ぐように、またキスしてきた。ねちゃねちゃと唾液と舌をからませる。

「じゃあ、明日ね」

そう言うと、瑠璃はコーヒーカップを手に、給湯室を出ていった。

なんか浮気がばれそうになったような心境になる。そんな自分に、智司は笑う。瑠璃とは、つき合っているわけではない。週末、露天風呂でエッチしただけだ。あのとき、瑠璃はただただ未亡人となった身体を疼かせていて、身近にち×ぽがあっただけだ。きっとそうだ。


翌日、浮気はあっさりとばれてしまう。

昼すぎ、待ち合わせ場所の、会社があるビルの前に自転車で行くと、車の前に、瑠璃だけでなく、由衣もいた。

由衣は智司を見るなり、

「智司さんっ」

手を振りつつ駆け寄ってきた。由衣はTシャツにショートパンツスタイルだった。すらりと伸びた健康的なナマ足と、揺れる胸もとが三十男にはたまらなく眩しかった。

自転車を降りた智司に、由衣が抱きついてきた。

瑠璃を見ると、あら、という顔を浮かべている。

「いつの間に、デキていたのかしら」

運転しつつ、瑠璃が聞いてくる。この前は、助手席で瑠璃の匂いを嗅いでいたが、今日は、由衣に引っぱられるように後部座席に座っていた。

「やだ、デキていたなんて、下品よ、瑠璃姉さん」

由衣はずっと手を握っている。しかも握っている手を、智司の股間に置いていた。スラックス越しに、なでなでされつづけ、すでにびんびんになっている。

「ああ、そうか。私が接待で遅くなった夜ね」

と、瑠璃が言う。

「当たりっ」

と、由衣がはしゃぐ。智司は困惑していた。

これでは、由衣とつき合っているみたいじゃないか。でも、つき合ってはいない。これからつき合うことになるのか。いや、それはない気がする。

処女をあげた相手だから、今だけ特別に見えているだけのような気がする。

瑠璃も、つき合っているかしら、とは聞かない。でも、智司のち×ぽで処女膜は破られたことは察しただろう。

市内を出て一時間半。温泉地に入り、ペンション湯女の駐車場に入った。

ペンションから菜々美が出てきた。菜々美も今日はTシャツにショートパンツ姿だった。驚くことに、由衣よりショーパンの丈を切りつめている。太腿がつけ根ぎりぎりまで露出していた。

素晴らしい脚線美に、智司は思わず見惚れる。そんな智司に、由衣が肘打ちを食らわす。

「由衣、なにしているのっ」

「だって今、菜々美姉さんの足、すごくエッチな目で見てたよ」

「あら、そうなの」

「そんなこと、ないです……すいません」

ないです、と言いつつ、謝ってしまう。

「やっぱり、見てたんだ」

さらに由衣が肘打ちを食らわしてくる。

「なにしているの。もしかして、あなたたち、つき合っているの？」

菜々美が聞く。

「そんなんじゃないよ」

と言い、由衣が先にペンションに入っていく。

「はじめての男みたいよ」

瑠璃が菜々美にそう言う。

「ああ、なるほど。智司さん、童貞っぽくせに、意外とやるのね」

菜々美がつんつん智司の胸もとを突いてきた。偶然か、故意か、Tシャツ越しに乳首を突かれ、思わず、あっ、と声をあげてしまう。

すると、菜々美はそのままTシャツ越しに、乳首を摘まみ、ひねってきた。

「あっ、ああ……」

「大事な妹の処女膜を破った罰よ」

「すいませんっ……」

またも、智司は謝る。

「そうよ、罰よっ」

瑠衣も反対側の乳首をTシャツ越しに摘まみ、ぎゅっとひねってきた。

「あうっ……すいませんっ、支店長っ」

智司は謝りつづけた。

第四章　挑発的な極上ボディ

1

翌週の水曜日の午後――智司は次女の菜々美が運転する車に乗っていた。

――水曜日、W温泉に行くんです。秘湯に行く予定なんですけど、ごいっしょしてくれませんか。近くには温泉街があるから、営業もできますよ。

――智司さんにK県のことをもっと知ってほしくて。それに秘湯はちょっと女ひとりだと危ないところもあるから、男性がいっしょだと安心なんです。W温泉に行くって、瑠璃姉さんに言えば、仕事として許可してくれるはずよ。

菜々美からこんなメールが来ていると、瑠璃に告げると、就業時間中にW温泉に行く許可が出た。

菜々美は、土日は休めないから、息抜きできるのは平日だけで、相手をしてやってほしい、と言われた。

――もちろん、W温泉の旅館できっちり営業してきてね。

と、念を押された。だから、今はポロシャツにジーンズだが、ワイシャツにネクタイ、それにスラックスに革靴と、営業用の衣服も持参していた。

「K県には、ペンションがあるN温泉、これから行くW温泉、そしてU温泉と有名な温泉街が三カ所あるんです」

「そうですか」

「もちろん、ほかにも小さな温泉地はかなりあります」

「温泉の県なんですね」

「はい」

菜々美と会ってから、ずっと視線が落ちつかない。菜々美は半袖のシャツにショートパンツ姿であらわれたのだが、車に乗るなり、シャツを脱いでいた。シャツの下はタンクトップだったが、ノーブラだった。タンクトップにカップもついていないようだ。

どうしてそれがわかるかというと、豊満な乳房の形がまるわかりのうえ、なにより、乳首のぽつぽつが浮き出ているからだ。

瑠璃、菜々美、由衣の美人三姉妹の中では、やはり次女の菜々美がいちばんセクシーだ。エプロンをつけて働いている姿はペンションのオーナーだが、エプロンをはずすと、途端に色っぽくなる。

今日も、半袖のシャツにショートパンツ姿だけでも充分エロいが、乳首のぽつぽつまで見せられて、智司は落ちつかなかった。

「乳首のぽつぽつ、そんなに珍しいですか」

フロントガラスを見つめつつ、菜々美がそう聞いてきた。

「あっ、すいませんっ……ごめんなさい」

智司は謝る。思えば、三姉妹にはよく謝っている。

「はじめてお会いしたときは、童貞くんかな、と思ったんですけど、今は違いますよね」

「えっ……い、いや……そう、ですね……」

「ペンションで、由衣がべったりでしたからね」

「そう、かもしれませんね……」

週末のペンションでは、由衣が常にそばにいて、夜も智司の部屋に由衣が夜這いをかけてきて、一度エッチして、そのまま裸で抱き合って寝ていた。だから、瑠璃とはしていなかった。

由衣というかわいい大学生とエッチできて、裸で抱き合って寝ているのだから、充分すぎるほど満足しているはずなのに、智司の頭から、ずっと瑠璃のことが、瑠璃の裸体のことが離れなかった。

「由衣がはじめてですか」

「えっ……あ、いや、そ、それは……」

「やっぱり、瑠璃姉さんともしているんですね」

信号停車。菜々美が智司に目を向けてきた。怒っているのかと思ったが、違っていた。智司を見つめる瞳が潤んでいた。そして左手を伸ばすと、ジーンズ越しに智司の股間を撫でてきたのだ。

「していないのは、私だけってことですね」

「いや、瑠璃さんとはなにも、していません」

「うそ。顔に瑠璃としてますって書いてあるわ」

信号が青に変わり、菜々美が股間から手を引いた。

「ちょっと休憩しましょう」

ドライブインに入った。菜々美はシャツを着ると、車から降りた。平日ということもあって、駐車場は空《す》いていた。

そんななかを、菜々美が先を歩く。いやでも、すらりと伸びたナマ足に目が向かう。由衣も見事な脚線美を見せていたが、まだエロさはなかった。それに比べて菜々美のナマ足はエロかった。

実際、通りすぎる男たちがみな、菜々美のナマ足に視線を引きよせられていた。

レストランはセルフサービスとなっていた。菜々美と智司はアイスコーヒーが入ったグラスを手に、窓ぎわの席に向かった。その間も、菜々美は客たちの視線を一身に集めていた。

ボックス席に向かい合って座る。座るとすぐに、菜々美は半袖シャツのボタンをはずしていった。

隠れていたノーブラの胸もとがあらわになる。乳首のぽつぽつが、さっきより露骨にわかるようになっている。勃っているのだ。

たぶん、見られて勃たせたのだ。これだけの身体だ。彼氏はいるはずだ。

「あの……」

「彼氏、いませんよ」

菜々美が、聞く前にそう答えてきた。そして、ごくごくとアイスコーヒーを飲んでいく。

「そ、そうですか……」

「ペンションのお客さんとしたりしませんよ」

「そ、それはそうでしょう」

「でも、智司さんはお客さんではないですよね」

「えっ、そ、そうですね……」

これは、あなたとはしてもいい、というサインなのか。そもそもこれから秘湯に行くのだ。当たり前だが、お互い裸になる。

露天風呂、裸。瑠璃の裸体が浮かびあがる。

「こうして、ドライブするの、久しぶりなんです」

「そうですか……」

「土日は休めないから、平日休むことになるんですけど、平日休みの人って、あんまりいないでしょう。だから、いつもひとりでドライブすることになって……なんか、寂しいでしょう」

「そうですね……」

菜々美なら、男はいやでも寄ってきそうだが、そうでもないのだろうか。

「瑠璃姉さん、優しいんです。私が平日寂しいだろって、智司さんをよこしてくれたりするから……」

「僕なんかで、いいんですか」

もちろん、秘湯に行く相手としてという意味で言ったのだが、

「由衣の処女膜を破ったおち×ぽに、興味があります」

と、菜々美が答えた。ドキンする。一気に勃起してしまう。やはり、秘湯でヤルつもりなのだ。

猛烈に喉の渇きを覚え、ストローではもどかしく、グラスからじかにごくごくと飲んでいく。

菜々美もそれをまねて、じかに飲んでいく。白い喉の動きを見ているだけで、先走りの汁が出てくる。

菜々美は氷を舌に乗せると、半開きのまま、ころがしてみせる。

智司の視線は菜々美の口もとに釘づけだ。菜々美が氷をがりっと嚙んだ。ち×ぽを嚙まれたような気になり、智司は顔を歪《ゆが》めた。

「ごめんなさい。痛かったかしら」

と、菜々美が言う。うふふと笑い、出ましょう、と立ちあがった。今度はシャツの前をはだけたまま、フロアを歩く。

当然のこと、またも菜々美は客たちの視線を一身に集めていた。

菜々美は運転席に戻るなり、シャツを脱ぎ、タンクトップ姿となった。

ドライブインを出て三十分くらいすると、山道になった。秘湯に近づいていると思うと、また喉が渇いてくる。秘湯＝ヤル、という文字が智司の脳裏で舞っている。

舗装道路ではなくなる。がたがたと揺れはじめる。

すると、あっ、ああ、と菜々美が声をあげはじめる。

見ると、さらに乳首のぽつぽつが浮き出ていた。揺れるたびに、乳首がタンクトップにこすれるのだろう。

「すごい、山道ですね」

「あっ、ああ……そうね……秘湯だから……あ、ああ、あんっ」

隣から甘い汗の匂いが漂ってくる。腋の下から薫ってきているようだ。

開けた場所に着いた。駐車スペースのようになっていて、意外と車が五台も止まっていた。

「ここから登るの。登山道の途中に秘湯があるの」

そう言うと、菜々美が車を降りた。細い登山道を先に登りはじめる。当然のこと、ショートパンツが貼りつくヒップラインに目が向く。そこから伸びているナマ足は適度にあぶらが乗って、白い肌が絖光っている。

登っていくと、降りてくる登山客とすれ違う。みな、菜々美を見て、智司を見る。

登山道の左右はずっと茂みだったが、いきなり右手に露天風呂があらわれた。

「ここよ」

「ああ、すごいですね」

露天風呂は登山道の真横にあった。登山する男女からはまる見えの場所だ。

と言いつつ、菜々美が露天風呂に向かう。露天風呂の向こう側には茂みがなかった。

「眺めがいいのよ」

ゆえに絶景がひろがっていた。

なるほど、この絶景を見ながら浸かれる露天風呂というわけか。でも、そばを登山客が行き来するぞ。

女のひとりじゃ危ない、というのはそういうことか。登山していると、裸の女がひとりで露天風呂に浸かっていると、変な気を起こす者もあらわれるかもしれない。というか、それが目的で、ここまで来る者もいるかもしれない。

ただでさえ興奮を呼ぶシチュエーションなのに、菜々美は挑発的なボディの持ち主なのだ。

2

「じゃあ、入りましょう」

と、菜々美が言い、リュックを下ろすと、そこから財布を出し、五百円硬貨をふたつ貯金箱のようなものに入れた。

「あっ、僕が出したのに……」

「いいのよ」

菜々美はリュックからバスタオルをふたつ出した。

「これ、あとで使ってね」

「あとで……」

今、使うのではないのか。これを腰に巻いて、露天風呂に入るのでは……。

菜々美がしなやかな両手を上げて、背中に流れている栗色の髪をまとめあげる。

腋の下がさらされる。

菜々美は腋の下を見せつけつつ、髪留めでアップにした髪を留めた。

そして、智司が見ている前で、タンクトップの裾をたくしあげていく。

「えっ……」

ここにも更衣室というようなものはなかったが、いきなり脱がれて、智司はあわてる。

平らなお腹があらわれ、そして、ぷるるんっと弾むように乳房があらわれた。

そのとき、登山道を男のふたり連れが通った。

あっ、と声をあげ、立ち止まる。思わず立ち止まってしまった、という感じだ。

菜々美は構わず、タンクトップの裾をさらにたくしあげていく。豊満な乳房が上向きになり、見事な曲線美を見せつける。乳首はつんととがりきっている。

顔から髪へと抜いていく。ショートパンツだけになった。

「菜々美さん……」

「なにしているの。智司さんも脱いで」

「は、はい……」

「温泉に入りにきたんでしょう。温泉は裸にならないと」

そう言いつつ、菜々美が前屈みになり、ショートパンツのフロントボタンをはずしはじめる。ただでさえたわわな乳房が、さらに量感を増す。

ショートパンツを脱ぐと、黒のパンティがあらわれた。とても面積が狭いパンティだ。

「智司さんも、脱いで。それとも脱がせてほしいのかしら」

「えっ……」

パンティ一枚のエロすぎる菜々美がぐっと迫り、智司に手を伸ばしてくる。シャツのボタンをはずしてくる。自分で脱ぎます、という言葉が出ない。

すぐそばに、豊満な乳房がある。きれいなお椀形だ。思えば、瑠璃も由衣もきれいなお椀形だった。やはり姉妹だから、乳房の形も似るのだろうか。

そもそも、三姉妹すべての乳房を見ていることに、智司は驚く。Ｋ市に転勤になるまで、リアル生おっぱいなんて目にしたことなかったのに、もう三人のおっぱいを見ている。

見ているだけじゃなくて、これから触られる。揉めるのだ。

シャツを脱がされた。

「あら、乳首」

と言うと、Tシャツ越しに乳首を摘まんできた。

「あっ……」

「あら、感じるのかしら。由衣に調教されたかな」

「えっ……」

「図星なのね。由衣、童貞がタイプだから、乳首いじりばっかりやらされているんじゃないかと思っていたのよ」

そう言いつつ、Tシャツの裾をつかむとたくしあげていく。乳首があらわれる。それは恥ずかしながらとがっていた。

Tシャツを脱がされると、じかに乳首を摘ままれた。左右同時だ。こりこりところがしてくる。

「あっ、ああ……」

智司は登山道の横で、ジーンズだけの身体をくなくなくねらせる。

「由衣は吸ってくれたのかしら」

「えっ、は、はい……」

ふうん、と言いつつ、菜々美が美貌を胸板に寄せてきた。

「菜々美さんっ、だめですよ……」

と言う智司の乳首を唇に含むと、じゅるっと吸ってきた。

「あっ……」

気持ちよかった。由衣より乳首吸いが上手だった。

「あ、ああ……ああ……」

智司は恥ずかしい声をあげつづける。

菜々美が唇を引き、

「吸うだけだったのかしら」

と聞いてくる。

「い、いや……あの、噛んだりされました……」

そう、と言うなり、反対側の乳首を唇に含み、じゅるっと吸ってくる。そして、根元に歯を当ててきた。

噛まれる、と思うと、それだけで身体が震えた。

だが、菜々美は噛まず、根元に歯を当てたまま、ジーンズのフロントボタンをはずし、ジッパーを下げてきた。

ブリーフがあらわれる。黒のブリーフだ。当然ながら、もっこりしている。

菜々美が乳首を噛んできた。

「ああっ……」

嚙みつつ、ブリーフを下げてくる。

「あっ、だめですっ……ああ、僕だけ出すなんてっ」

菜々美はまだパンティを穿《は》いていたが、智司はペニスまで出してしまった。あわてて登山道を見る。人の姿はない。やはり秘湯だけあって、めったに人は来ないようだ。

だが、駐車スペースには五台の車があった。

いつかは、その登山客も降りてくるはずだ。はやく、湯船に入って、ペニスを隠したい。

だが、菜々美は乳首を甘嚙みしつつ、ペニスをしごきはじめる。

「あ、ああ……ああ……」

菜々美の甘嚙みがまた絶妙だった。痛いのだが、気持ちいい痛さだ。

「あら、出てきたわね」

ペニスを見ると、はやくも先走りの汁が出てきた。

「洗って、入ってね」

と言うと、菜々美はパンティを脱ぎ、恥部を見せると、すぐさま、ヒップを向け、露天風呂に向かう。

「菜々美さんっ」

智司もあわてて、菜々美の尻を追う。菜々美のヒップは、見事な逆ハート形を描いている。

菜々美がすらりと伸びた足を湯船に入れていく。

菜々美の裸体がお湯の中に消えていく。続けて入ろうとすると、待って、と言われ、菜々美がお湯を手のひらで掬《すく》い、智司のペニスに向かってかけてきた。

「あっ、あんっ」

お湯をかけられただけでも感じてしまい、湯船のそばで腰をくねらせてしまう。こんな姿、瑠璃にも由衣にも、そして登山客にも見られたくない。

「あら、お湯をかけてもかけても白いままね」

と、菜々美が言う。お湯かけに感じて、あらたな先走りの汁がにじんでくるのだ。

「すいません……」

「汁なんか出したまま入ったらだめよ」

「はい……」

とはいうものの、湯船から出ているたわわな乳房を見ているだけでも、我慢汁が出てくる。

「智司さん、由衣としたんでしょう？　童貞じゃないよね」

「すいません……三十年童貞だったから、あの、童貞っぽさが抜けなくて……」

「なるほど。そういうものなのね」

菜々美が妙なところで感心している。

「もう、きりがないわね」

入っていらっしゃい、と言われるかと思ったが、違っていた。菜々美は両腕を伸ばし、智司の腰をつかみ、引きよせるなり、鎌首をぱくっと咥えてきたのだ。

「あっ……」

由衣といい菜々美といい、秘湯の風呂をとても大事にしていることがわかる。由衣には、外に射精して感激されたし、今も我慢汁で露天風呂が汚れないようにと、吸い出しているのだ。

「あっ、あんっ」

菜々美の吸引力は凄《すさ》まじく、鎌首だけ抜き取られそうな錯覚を感じる。

「ああ、これで大丈夫なはずよ」

唇を引くと、入って、と菜々美が言う。菜々美の視線が登山道に向いた。振り向くと、降りてきているふたりの登山客と目が合った。

智司はびびったが、登山客のほうは表情を変えず、通りすぎていった。常連なら慣れているのだろうか。

智司も湯船に浸かった。

「ああ、気持ちいいですね」

「そうでしょう。ほら、見て」

崖のほうに目を向ける。開けているため、向こう側の山並みが、風呂に浸かりながら見わたせる。

「すごいですね」

山並みに感動していると、ペニスをつかまれた。

「ずっとこちこちね」

「すいません……」

「なにも謝らなくていいわ。男はずっとこちこちじゃないとね」

菜々美が智司の右手をつかみ、自らの恥部へと導いてくる。指先が恥毛に触れる。

智司はクリトリスに触れた。

「あっ……」

菜々美の裸体がぴくぴくっと動く。智司は湯船の中でクリトリスを摘まみ、優しくころがす。

菜々美も智司も山並みを見つめたままだ。大自然を愛《め》でながら、女体も愛でるという感じだ。なんて贅沢《ぜいたく》なときなのだ。

しかも今、就業時間中なのだ。支店長公認で、菜々美のクリトリスをいじっているのだ。

「ああ、中も……し、して……」

絶景から目を離さず、菜々美がそう言う。

智司はクリから指を引くと、割れ目に向ける。人さし指を割れ目に押しつけると、ずぶっと入った。

「あうっん……」

菜々美があごを反らす。菜々美の媚肉は燃えるようだった。温泉より熱い。肉の襞が待ってましたとばかりに、人さし指にからみついてくる。そして、奥へと引きずりこもうとする。

「あっ、すごいっ、勝手に奥にっ」

「一本だけじゃ、いや……」

すぐに中指も参戦させる。二本の指を媚肉の奥まで入れると、かきまわしはじめる。

「あっ、あああっ……いいわ……」

登山道にはふたりとも背中を向けたかたちだ。登山道から見れば、並んで絶景を楽しんでいるようにしか見えないだろう。

「ああ、もう我慢できない。抱っこして」

と、菜々美が言ってきた。

3

「抱っこ、ですか……」

「そうよ。抱っこよ」

菜々美が智司の前にまわり、背中を預けるようにして、股間を乗せてきた。一瞬、鎌首がおんなの穴にめりこんだが、すぐに弾き出され、菜々美の恥部の前で跳ねた。

菜々美が腰を浮かせ、ペニスをつかんできた。今度は狙いを定めて、腰を落としてくる。

ずぶり、とめりこんだ。

「あうっ、うんっ……」

菜々美は背中を押しつけつつ、腰を落としていく。垂直に、智司のペニスを呑みこんでいく。背面座位だ。

「ああ、菜々美さん……」

ついに、次女とも繋がってしまった。瑠璃で童貞を卒業し、由衣の処女膜を破り、そして今、菜々美の穴を塞いでいる。

ああ、K市に来てよかった。転勤になってよかった。

「あっ、大きくなった……」

「ああ、菜々美さんのおま×こ、気持ちいいから」

「うそ、違うこと思って大きくさせたんでしょう」

そう言いつつ、菜々美が強く締めてくる。

「ああっ、それっ」

「声が大きいわよ」

「すいません……」

「なにしているの」

「えっ……」

「このかたちで繋がったら、おっぱいをうしろから揉むんでしょう」

「すいません。気が利かなくて……」

智司はあわてて両手を前に伸ばし、豊満なふくらみをつかんでいく。

「あっ……」

とがった乳首が手のひらで押しつぶされて、感じたようだ。

智司はそのまま五本と五本の指を、菜々美のふくらみに食いこませていく。

「はあっ、ああ……」

火の息を吐きつつ、ち×ぽを締めつつ、智司の指を押し返してくる。そこをまた揉みこんでいく。すると、また押し返される。

揉むと強く締まる。

「ああ、おっぱいもおま×こも最高です」

「あら、本当かしら。由衣のほうが締まるんじゃないの」

「それは……」

と口ごもる。

「まあっ、私が、がばがばだって言うのね」

「そんなこと、言ってませんっ」

「ゆるさないから」

と言うと、菜々美が腰を上下に動かしはじめた。お湯がちゃぷちゃぷと鳴る。

「あ、あああっ、菜々美さん……」

智司は右手で乳房を揉んだまま、左手を温泉の中に入れていく。ぱくっと開いてペニスを呑みこんでいる割れ目の上を摘まむ。

「あああっ」

菜々美が甲高い声をあげ、智司の膝の上で裸体を震わせる。

「声が大きいですよ」

「だってっ……ああ、だってっ」

いきなり逆転していた。クリトリスはかなり感じるのか、上下動も鈍くなり、いい、と喘ぎまくる。

「こっちの景色は飽きたわ」

「えっ……」

「反対側を見たいな」

「反対側って……登山道しかないですよ」

登山道の向こうは、鬱蒼とした茂みしかない。景色は圧倒的にこちら向きがいい。

「登山道を見たいのよ」

見たいというか、見られたいのか。だから、この秘湯に智司を連れてきたのか。思えば、ノーブラタンクトップ姿を智司に見せつけるところから、菜々美の前戯ははじまっていたのだ。

「ああ、このまま向きを変えて、智司さん」

「このまま、ですか」

「そう。一秒も、このおち×ぽ放したくないの」

そう言いつつ、くいくいペニスを締めてくる。

「あ、ああ……じゃあ、動きますよ」

智司は菜々美のくびれた腰をつかみ、露天風呂の中で身体の向きを変えていく。すると、絶景から登山道へと変わる。その途端、締まりがさらによくなった。

「ああ、そんなに締めないでください」

「突いて」

はい、と腰をつかんだまま、智司は腰を上下に動かしていく。

「あうっ、うんっ」

菜々美が甘い声を洩らす。

登山道にふたりの男女が姿を見せた。三十代くらいだろうか。ふたりは登らずに、こちらに足を向けた。

「こんにちは」

男女が露天風呂に入っている智司と菜々美に挨拶する。

「こんにちは」

菜々美も挨拶を返した。

「ごいっしょさせてもらっていいですか」

と、男が聞く。

「もちろんです」

と、菜々美が答える。

ふたりはリュックを下ろすと、お金を小箱に入れて、服を脱ぎはじめた。かなり手慣れていた。この秘湯の常連のようだ。

「出ますか」

と、智司は聞く。

「なに言っているの。来たばかりじゃないの。ああ、突いて」

と、菜々美が言う。

「えっ、突くって……」

「だから、続けて」

智司が突かないでいると、菜々美がまた自ら上下に動きはじめた。ちゃぷちゃぷとお湯の音が鳴る。

ふたりの男女は表情を変えず、脱いでいる。男はごく普通のサラリーマンふうで、女も普通のＯＬふうだった。派手でも地味でもない。

男がブリーフを脱いだ。すると、むくむくとペニスが反り返った。

「あら、すごい」

智司のペニスをおま×こで貪りつつ、菜々美がそう言う。

見た目は普通だったが、勃起したペニスは迫力があった。

女のほうも、ブラを取った。すると、ぷるるんっとたわわな乳房があらわれた。今度は智司が、すごい、と目を見張る。

ルックスが普通のＯＬふうだけに、豊満なバストがよけい目を引いた。

女は巨乳を重たげに揺らしつつ、前屈みになると、ジーンズを脱いでいく。極小パンティが、きわどく割れ目を隠している。それも脱ぐと、いきなり割れ目があらわれた。

パイパンだった。熟れた裸体に、パイパン。普通のＯＬふうの顔立ちに、ダイナマイトボディ。

智司は剝き出しの割れ目を目にした瞬間、暴発しそうになっていた。ぎりぎり出さなかったが、我慢汁は大量に出ていた。

ふたりは湯船に近寄ると、女が膝をついた。智司と菜々美のすぐそばで、男のペニスにしゃぶりついた。

「あっ……」

智司と菜々美は同時に驚きの声をあげていた。

女は奥まで一気に咥え、唇を三往復させると口を引いた。反り返ったペニスが唾液まみれになっている。

女が立ちあがると、今度は男が膝をついた。そして、剝き出しの割れ目に指を添えるなり、くつろげた。

真っ赤に燃えた女の花びらがあらわれた。

「おうっ」

智司はうなっていた。菜々美の中でひとまわりペニスが太くなり、あうっ、と菜々美がうめく。

男が女の股間に顔を埋めた。剝き出しにさせた花びらを舐めている。

「はあっ、ああ……」

女は天を仰いでいる。ぶるっと裸体を震わせるたびに、巨乳がゆったりと揺れる。

男が顔を引いた。

「きれいにしましたから」

智司と菜々美に向かって、そう言う。

どうやら、フェラとおま×こ舐めは、湯船に浸かる前に洗う代わりに舐めたということのようだった。ふたりも秘湯を愛しているのだろう。

失礼します、と男が湯船に足を入れてくる。智司の目の前で、男の見事なペニスが弾む。すると、菜々美のおま×こがきゅきゅっと締まった。

続いて女が足を入れてくる。今度は女の割れ目が迫ってくる。割れ目はほころんだままで、中の赤身がのぞいている。それはきらきら絖光っていた。男の唾液だけではないはずだ。

ふたりが隣に浸かった。露天風呂はかなり広く、ふた組の男女が入っても、まだ広々している。

「孝夫《たかお》といいます。こちらは、優子《ゆうこ》です」

男が名前だけを名乗った。すると菜々美が、

「私は菜々美です。こちらは、智司です」

と告げる。

「菜々美さんのおま×こ、今、塞がっているんですよね」

と、孝夫が聞く。

「はい、そうです……」

「いいなあ。私も塞がれたいな」

優子がはにかむような表情でそう言う。大胆に裸になった同じ女とは思えない。そもそも露天風呂に入るには、裸になるしかないから、どんどん脱ぐのは当たり前のこととも言える。

4

「跨がっておいで」

と、孝夫が言う。この秘湯はこういう場所なのだろうか。優子が孝夫と向かい合い、正面から抱きつきながら、腰を落としていく。

巨乳が孝夫の胸板に押しつぶされるのを見て、智司は暴発しそうになる。孝夫と優子が姿を見せる前から、ずっと菜々美の中に入れたまま、締められたままなのだ。

ふたりがあらわれてからは動かしていないが、じっとしているだけでも、絶えず刺激を受けていた。

そこに巨乳という視覚的な刺激が加わり、ちょっとでも気を抜くと出そうだった。

「ああ、出しそうなのね、智司さん」

菜々美が聞いてくる。

「出しそうです」

「優子さんのおっぱいを見て、出しそうなんでしょう」

「違います。菜々美さんのおま×こが、すごく締まるから」

「うそ……」

「あうっ、うんっ、すごく硬いのっ」

すぐそばで優子が愉悦の声をあげる。孝夫にべったりとしがみついている。押しつぶされた巨乳が脇から大きくはみ出している。

「ああ、やっぱり、この秘湯は感じるわ」

そう言いつつ、優子が腰をうねらせる。それを見て、菜々美もうねらせはじめる。

「ああっ、だめですっ、そんなにされたら……」

「まだ、はやいわ」

「だって……」

智司はずっと前からおま×こに包まれているのだ。今、入れたばかりの孝夫とは違う。だが、菜々美はそんなことに頭がまわっていない。

「先に出したら、ゆるさないから。そうね、由衣に、今日、したことを言うわ。智司さんから秘湯に誘ったって」

「そんなっ」

智司は泣きたくなる。だが、ますます気持ちよくなっている。いつ暴発してもおかしくない状態だった。

「あっ、あああっ、もっと突いてっ」

すぐそばで、優子がよがっている。

「智司さんも、菜々美を泣かせて」

「すぐ出ます」

「それはだめよ」

「そんなっ」

「いい、いいっ、ああ、すごいっ、今日はすごく大きいのっ。ああ、すごく力強いのっ、孝夫さんっ」

隣では、優子がよがりまくっている。菜々美が自分から腰を上下に動かしはじめる。

「ああっ、はあっ、あんっ」

「ああ、だめです……ああ、出そうです」

「だめっ、我慢しなさいっ」

我慢しろ、と言いつつ、菜々美が締めあげてくる。

「もうだめですっ」

智司が出そうとした瞬間、菜々美が立ちあがり、智司の腕をつかむと、湯船から引きあげた。湯船から出た瞬間、智司は暴発させていた。勢いよくザーメンが宙を飛ぶ。

「危なかったわ。湯船を汚すところだった」

「すいません……」

「いいのよ。すぐに勃つでしょう」

と言うなり、湯船のそばではあはあと荒い息を吐いている智司の股間に、菜々美が美貌を埋めてきた。

繋がっている孝夫と優子の前で、しゃぶりはじめる。

「ああっ、菜々美さんっ」

孝夫に抱きついたかたちの優子が、繋がったまま、湯船の中で裸体の向きを変えはじめる。

そんな優子を見ながら、智司は菜々美の濃厚フェラを受けて、腰をうねらせている。

「勃たせるのに、協力しますね」

と、孝夫が言い、優子と繋がったまま立ちあがる。そして、立ちバックのかたちで、あらためて突きはじめた。

「ああっ、いい、いいっ」

優子のよがり声が山奥に響きわたる。

登山客がまた三人降りてきた。優子を見て、智司を見て、降りていく。

孝夫が突くたびに、巨乳がたぷんたぷん揺れている。その乳房を、優子はよがりつつ、自らつかんでいく。右は優子がつかみ、左は背後から伸ばした手で孝夫がつかむ。

「はあっ……」

声をあげて、菜々美が唇を引いた。はやくも七分勃ちまで戻っている。

「私のフェラで大きくなったの？　それとも巨乳かしら」

裏スジを指先で撫でつつ、菜々美が聞いてくる。

「私も見たい」

「もちろん、菜々美さんのフェラです」

「うそばっかり」

「あ、ああっ、イキそうっ、ああ、もうイキそうなのっ」

「はやいな」

「だってっ……ああ、智司さんがっ、ああ、すごくエッチな目で見るから……なんか、童貞くんから見られているみたいでっ」

俺は視線だけで、女をイカせられるようだ。

「童貞ですから」

「ああっ、うそばっかりっ……ああっ、ああっ、でも、目が童貞っぽいのっ……あ、ああっ、すごく感じるのっ」

「ああ、締まるぞっ。出そうだっ」

「ああっ、出すなら、中にっ……」

と、優子が言い、

「イキそうっ」

と、舌足らずに告げる。

「あ、ああっ、出るっ」

孝夫が叫び、腰を震わせた。

「あっ、イク、イクイクっ」

立ちバックのまま、優子が濡れた裸体をがくがくと震わせる。ふたりは繋がったまま、湯船から出てきた。そして、洗い場で孝夫がペニスを抜いていった。

おんなの穴から、どろりとザーメンが垂れてくる。

「中に出して、塞いだまま、出ればよかったのね」

ふたりを見て、菜々美がそう言った。

「そうですね……」

宙に出さなくてもよかったのだ。

優子が膝をつき、孝夫のペニスにしゃぶりついていく。智司のペニスはすでに完全勃起を取り戻していた。

それを見て、菜々美が洗い場で四つん這いになった。

「入れて、智司さん」

「えっ、でも……」

登山道を見るが、人の姿はない。

「私もイキたいの。イカせないで、ここから帰るつもりなのかしら」

「いいえ……イカせます」

智司は差しあげられた菜々美の尻たぼをつかむと、ぐっと開いた。そして、ペニスを尻の狭間に入れていく。

蟻の門渡りを先端が通過するだけで、菜々美がぶるっとヒップを震わせる。

割れ目に鎌首が触れた。そのまま突いていくと、ずぶりと入っていった。智司は一気に突き刺していく。

「いいっ」

一撃で、菜々美が歓喜の声をあげていた。

すると、その隣で、優子が四つん這いになった。見ると、孝夫のペニスははやくも勃起している。

「いやあ、興奮するねえ」

孝夫は智司に笑いかけ、優子の尻からペニスを入れていく。

「いいっ」

優子も叫ぶ。孝夫が最初から飛ばしていく。

「いい、いい、いいっ」

ひと突きごとに、優子が甲高い声をあげる。

「あんっ、智司さんっ、突いてっ。菜々美を泣かせてっ」

智司も孝夫と競うように、菜々美をバックから突いていく。

「いい、いいいっ、もっとっ」

「あ、あああっ、硬いっ、おち×ぽ、硬いっ」

菜々美と優子の背中が反っていく。海老《えびぞ》反りの角度を競い合うかのように、反っていく。

すると、孝夫が背中を掃いている優子の髪をつかみ、さらにぐっと引く。

「智司さんっ、菜々美もっ」

菜々美が右手を頭にやり、髪留めをはずす。すると、ふわっと栗色の髪が舞う。

「菜々美さんっ」

智司も手を伸ばし、菜々美の髪をつかむ。そして孝夫をまねて、手綱のように引いていく。

「あうっ、ううっ」

菜々美の上半身も、優子に負けじと反りあがる。

「ああ、あああっ、また、また、イキそうなのっ」

優子が舌足らずに告げる。

「菜々美さん、また出そうですっ」

と、智司が言う。

「うそっ、私をイカせてから出すのよっ」

「わかっていますっ、でも、ああ、おま×この締めつけが最高なのでっ」

なにより、菜々美と優子を並べて、競い合うように突いているのが、強烈な刺激となっていた。しかも、屋外というおまけつきだ。

優子たちは常連のようだが、智司は初体験だ。刺激が強すぎて、はやくも二発目が出そうだ。

「あ、ああっ、イクイクっ」

また優子が甲高い声をあげて、海老反りのままの裸体をひくひく震わせる。

「智司さんっ」

菜々美が首をねじって、こちらを見つめる。凄艶な眼差《まなざ》しに、出そうになる。イカせるんだっ、と渾身の力をこめて、突いていく。

「あっ、ああっ、あああっ、もっと、もっとっ」

菜々美は首をねじったまま、火の息を吐く。

「いい、いいいっ」

イッたばかりの優子が、また歓喜の声をあげる。孝夫はバックで突きまくっている。

「ああ、イキそうっ、また、イキそうっ」

「俺もまた出そうだ」

と、孝夫が言う。

「ああ、はやいのね」

「ああっ、菜々美さんと智司さんのおかげだっ」

「僕も出そうですっ」

と、智司が告げる。童貞を卒業したばかりの男には、野外複数エッチは刺激が強烈すぎた。

「だめっ、勝手に出したらゆるさないからっ」

ひとりだけイケていない菜々美が叫ぶ。

「ああ、ああっ、い、イクイクっ」

菜々美の隣で、またも優子がいまわの声をあげた。孝夫も出るっ、と叫び、優子の中に二発目のザーメンを注ぎこむ。それを受けて、さらに優子はイキまくる。

そんなふたりを見て、智司も限界に来た。

「出ますっ」

「だめよっ」

「おう、おう、おうっ」

智司は雄叫びをあげて、二発目のザーメンを今度は菜々美の中にぶちまけた。

すると、

「あっ、イク、イクイクっ」

菜々美もいまわの声をあげて、海老反りのままの裸体を痙攣させた。

第五章　夜の職場で

1

「着いたわね」

と言うと、菜々美が運転席からキスしてきた。

瑠璃や同僚に見られたらまずい、と思いつつ、智司は菜々美のベロチューを受ける。

会社があるビルの前の駐車場でのベロチューは刺激的だった。

秘湯で二発出していたが、すぐに勃起してしまう。

菜々美が唇を引いた。

「じゃあ」

と、手を振る。

「いろいろありがとうございました」

と、礼を言う。いろいろとは、秘湯でのエッチに温泉街での営業だった。菜々美の案内で、いろんなペンションや旅館に営業をかけることができた。結果はゼロだったが、挨拶できただけでもいい。

車を降りた。バイバイと手を振り、菜々美が車を発車させる。智司もバイバイと手を振った。きっと、間抜けな顔をしていただろう。

ビルを見あげる。会社がある六階は明かりが点《つ》いていた。

すでに午後九時をまわっている。これから報告だった。

遅くなったから、報告は明日でもいい、と言われるかと思ったが、今夜報告を受けるから、と言われたのだ。

智司はラフな格好から、ワイシャツにネクタイ、そしてスラックスに着がえていた。営業はネクタイを締めてやっている。

六階に着いた。ドアを開くと、フロアはがらんとしていた。みな、帰っているなか、支店長の瑠璃だけ奥のデスクに座って、パソコンのディスプレイを見ていた。

「遅くなりました」

声をかけて、智司はフロアの奥へと向かう。

瑠璃は眼鏡をかけていた。髪はアップにまとめている。きりっとした表情だ。

一方、秘湯帰りの智司はきっと腑抜《ふぬ》けの顔のままだろう。これではいかんと、ぱんぱんと両手で頬を張った。

かなりフロアに響いたが、瑠璃はディスプレイを見つめたままだ。

もしかして、瑠璃は機嫌が悪いのか……。

「支店長、W温泉に行ってきました」

「じゃあ、報告をおねがい」

ディスプレイに目を向けたまま、瑠璃がそう言う。

「はい……W温泉は秘湯で有名で、小さなペンションや旅館が点在しています。菜々美さんに案内してもらいながら、一軒一軒まわりました」

「そんなつまらない報告はいらないわ」

「すいませんっ。あの……まずは、ペンション秘湯《ひとう》に行きまして……」

「菜々美とのエッチの報告をしなさい」

そう言うと、瑠璃は智司に目を向けて、伊達眼鏡を取った。

美しい黒目で、じっと智司を見つめる。

「エ、エッチの報告と……言われましても……」

「ヤリました。出しましたって、顔に書いてあるわよ」

そう言いながら、瑠璃はジャケットを脱いだ。ノースリーブのブラウス姿になる。夜の会社のフロアで見る二の腕は、とても艶めいて見える。

「秘湯での報告しなさい」

「は、はい……あの、いっしょに、秘湯に入りました」

「入る前に、なにかあったでしょう」

と、瑠璃が言う。

「あ、ありました……あの……先走りの汁が出てしまって……」

「どうして温泉に入る前に、そんなものが出るの」

瑠璃がにらみつけている。

「すいません……出てしまって」

「だから、どうして」

「乳首を……責められて……それで……」

「秘湯に入る前に、乳首をいじられて、先走りの汁を出してしまったのね」

「はい……」

「最低ね」

「すいません」

「就業時間中なのよ。そんなことしていいと思っているのかしら」

「すいません……」

「それで」

「それで、あの……お湯をかけてくれたんですけど……でも、汁が止まらなくて」

「どうしてかしら」

「あの、菜々美さんの身体が……エッチすぎて」

「今度は妹の裸を見て、我慢汁を出しつづけたのね」

「すいません……」

「最低ね」

なぜか、瑠璃に会社のフロアで最低ね、と言われると、ぞくぞくしてしまう。

「それで」

「えーと、それで……あの、菜々美さんが、きりがないからって……その」

「菜々美がどうしたのかしら」

と言いながら、瑠璃が立ちあがった。きりっとした美貌を寄せてくる。そして、スラックスの股間をつかんできた。

「あっ……支店長っ」

「なに、これ。どうして仕事の報告しながら、勃たせているのかしら」

瑠璃がスラックス越しに強くつかみ、上下に動かしてくる。

「あ、ああっ……すいませんっ」

「菜々美の裸を思い出して、勃たせたのね」

「違いますっ」

「なにが違うの。じゃあ、どうして勃たせているのかしら」

「それは、あの、支店長に……」

「私がどうしたの」

「支店長に、あの、最低って言われて、それであの……」

「私に最低って言われて、こんなにさせているのっ」

瑠璃があきれたような顔を見せる。その顔にさえ、智司は興奮してしまう。

やはり、ここが職場だからだ。

「それで、菜々美にどうされたのかしら」

そう聞きながら、瑠璃はスラックスのベルトを緩めはじめる。

「あ、あの……それで、フェラを……されました」

「フェラを、就業時間中に」

「申し訳ありませんっ」

頭を下げるなか、スラックスをブリーフとともに引き下げられた。弾けるようにペニスがあらわれる。

「どうしてこんなに大きいのかしら。あなた、秘湯で出しまくってきたんでしょう」

ペニスの先端を手のひらで包み、動かしながら、瑠璃がそう言う。

「あっ、あああっ、それっ……いや、出してませんっ」

「うそばっかり。フェラされて、どうしたのかしら」

「湯船に浸かって、絶景をふたりで眺めました」

「それだけかしら」

「すいません。繋がりました。菜々美さんが抱っこして、と言ってきて」

「それで抱っこしたのね」

「すいませんっ」

「就業時間なのよ。私は菜々美を抱っこするために、あなたをW温泉にやったわけではないの」

そう言いつつ、先端だけを撫でまわしつづける。これがたまらない。智司はずっと身体をくねらせつづけている。ネクタイがずっと揺れている。

この上半身はワイシャツにネクタイ姿なのに、下半身はまる出しという姿がなんとも恥ずかしい。

「それで、どうしたの」

「菜々美さんが登山道のほうを見たいと言って……あ、ああ、出そうです……」

「絶対、出したらだめ」

「すいません……ああ、抱っこしたまま、身体の向きを変えました……あ、ああ、あんっ……」

先端撫でに加えて、瑠璃がワイシャツ越しに乳首を摘まんできた。

「それで」

と聞きつつ、瑠璃が乳首をひねってくる。

「あうっ、うう……」

智司は暴発しそうになり、必至に我慢する。今出したら、支店長の手のひらを職場でザーメンだらけにしてしまう。

「秘湯に男女が来て、脱ぎはじめました。僕は出ようとしたんですけど、菜々美さんが止めて」

「どうして、出なかったの」

「いや、それは……」

「見せつけエッチに興味があるのかしら」

「そんなことは……でも、菜々美さんひとりを置いて、出れないし」

「そうねえ」

瑠璃がネクタイを緩め、抜いていく。そして、ワイシャツのボタンもはずしはじめる。手のひらから逃れたペニスは、なにもされなくても、ひくひく動いている。

「それで、どうなったのかしら」

聞きつつ、ワイシャツを脱がせる。そして、Tシャツの裾をたくしあげていく。

「湯船の隣で、その男女がエッチしはじめて」

「智司さんと菜々美は、ずっと繋がったままなんでしょう」

「そうなんです。もう、出そうで、出そうで、ずっと我慢していました」

「今と同じね」

そう言うと、剝き出しにさせた乳首に、瑠璃が吸いついてきた。じゅるっと吸いつつ、裏スジをそろりと撫でてくる。

「ああぁっ……」

智司は暴発しそうになった。ぎりぎり耐える。今出したら、手のひらではなく、瑠璃の白いブラウスを汚してしまう。

「ああ、でも、出そうになって……あわてて湯船から出て……外に出しました」

「まあ、かわいそうね」

瑠璃が美貌を寄せてきた。唇を重ねてくる。ぬらりと舌を入れつつ、裏スジをなぞりつづける。もう片方の手では唾液まみれとなった乳首を摘まみ、軽くひねり出す。

「う、うう……」

智司はひとり、身体をくねらせつづける。気持ちよくて、とてもじっとしていられないのだ。誰もいないふたりきりの職場で責められているというのが大きかった。感度がほかの場所より数倍上がっている。

ということは、瑠璃も今、感度が上がっているのではないのか。暴発から逃れるためには、反撃するしかない。

智司は右手を伸ばし、ノースリーブのブラウスの胸もとをつかんでいった。

すると、火の息が吹きこまれてきた。強く揉んでいくと、唇を引き、

「ああっ、あああっ」

と、瑠璃が喘いだ。

2

智司はスカートの裾をつかむと、ぐっとたくしあげた。

パンストの貼りつく恥部があらわれる。

パンストはベージュだったが、パンティは紫だった。しかも、スケスケだった。

「支店長、こんなエッチなパンティを穿いて、仕事していたんですか」

「いけないかしら」

瑠璃が甘くかすれた声で、そう言う。

「いいえ……」

智司はパンストとパンティ越しに、クリトリスに触れていった。すると、ひと撫でしただけで、

「はあっんっ」

と、瑠璃が敏感な反応を見せた。やっぱり、支店長も智司同様、職場でのエッチ行為に異常な興奮を覚えているようだ。

智司はクリトリスを摘まみ、ひねっていく。パンストとパンティ越しだったから、やや強めにひねっていた。

「ああっ、あっ、はんっ」

火の息を吹きかけつつ、ペニスをしごいてくる。

「ああ、だめですっ。出ますっ」

智司はパンストに手をかけ、剥き下げていく。パンティが貼りつく恥部をあらわにさせると、パンティの脇から指を入れて、じかにクリトリスを摘まみ、ひねった。

「あうっんっ」

瑠璃ががくがくと下半身を震わせる。しごく手が止まった。よし、いいぞっ、と智司はさらにひねる。

「う、ううっ……」

瑠璃がイッたような顔をした。

「もう、イッたんですか」

智司が聞くと、

「知らないわ……」

瑠璃は頬を赤らめ、美貌をそらす。こんな瑠璃を見るのは珍しい。

「一回出して、それで終わりじゃないでしょう」

「出したばかりのち×ぽをしゃぶってきました」

「それで……」

またペニスをしごきはじめる。

「ああ、だめです……出ますっ」

「ブラウス汚したら、左遷よ」

「えっ、そんなっ、ここから移動したくないですっ」

智司は泣き顔になる。そんな反応がおもしろかったのか、

「出したら、左遷」

と言いながら、右手で胴体をしごきつつ、左手で乳首をいじりはじめる。

「あ、ああ……ああ……」

まずいっ、逆襲しないと、と智司はパンティに手をかけ、引き下げると、いきなり二本の指をずぶりとおんなの穴に入れていった。

「ああっ、なにっ」

いきなりは予想外だったのか、瑠璃は甲高い声をあげて、ぶるぶると下半身を震わせる。

瑠璃のおま×こは、イッた直後ということもあるのか、どろどろだった。からみつく肉の襞をかきまわしていく。

「あ、あああっ、あああっ」

またしごく手が止まった。

「い、イク……イクイクっ」

瑠璃は、はやくも続けてイッた。

指を抜く。爪先からつけ根まで愛液でぬらぬらだ。それを口に持っていき、じゅるっと吸いあげる。

それを見て、あんっ、と瑠璃が身体をくねらせる。たくしあげていたスカートの裾が下がる。

「支店長も、下、脱いでください。僕だけなんて、恥ずかしいです」

「あなたはそれでいいのよ」

智司を見つめる瑠璃の目がとろんとしている。アップにまとめていた髪がほつれ、頬に数本貼りついている。

下げたパンストとパンティは太腿の半ばにある。

智司はスカートのサイドのホックをはずし、引き下げていった。瑠璃の足下にしゃがみ、パンストやパンティといっしょに、足首まで下げていく。

するど、剝き出しの股間から、濃厚な牝の匂いがした。見ると、割れ目は閉じきれず、わずかにほころんでいた。そこから、発情した匂いが出ていた。

智司は股間を直撃するような匂いに誘われ、瑠璃の割れ目に顔面を押しつけていった。

「あっ……」

ぐりぐりと額でクリトリスを押しつぶしつつ、割れ目を開き、鼻を入れていく。

「だ、だめ……」

智司の顔面が、瑠璃の牝の匂いに包まれる。ペニスがひくひく動く。どろりと大量の我慢汁が出てきた。

入れたかった。

「フェラされたあとっ、入れてって、菜々美さん、四つん這いになりましたっ」

智司は叫んだ。

「四つん這い……」

「はい、四つん這いになって、お尻を上げてきました」

智司は瑠璃を見あげる。

「四つん這いね……」

と言うと、瑠璃はデスクとデスクの間に、両膝をついていった。

剝き出しの双臀を智司に向けて、突きあげてくる。

「ああ、支店長……」

上半身はブラウスのまま。それでいて、下半身はまる出し。見事な逆ハート形のヒップラインが美しくもそそる。

智司のペニスはひくひく動いている。このまま入れたら、数回突いただけで出そうだった。でも、ブラウスを汚すよりはいいだろう。ブラウスを汚さないために、瑠璃の中に出すのだ。

秘湯を汚さないために、中出しするのと同じだ。

「ああ、はやく、入れて……職場でこんな格好するなんて……ああ、すごく恥ずかしいのよ」

「菜々美さんはお尻を振って、誘ってきました」

虚偽の報告をする。

「えっ、そんなこと、したの」

「しました」

瑠璃が差しあげた双臀をうねらせはじめる。

「お尻を振りながら、おち×ぽください、と言ってました」

「うそ……」

「僕は秘湯でのことを正確に報告しているだけです、支店長。信じてくれないのなら、もう報告しませんよ」

「ごめんなさい……信じるわ……あ、ああ、お、おち×ぽ、ください」

瑠璃が掲げた双臀をうねらせながら、鼻にかかった声で哀願してくる。

智司は尻たぼをつかむと、ぐっと開き、ペニスを入れていく。割れ目に触れたときには、我慢汁で鎌首が真っ白になっていた。

「入れても、すぐに出すかもしれません」

「いいわ……中に出して……ブラウスも、フロアも汚しちゃだめ……瑠璃のおま×こを汚して」

「わかりました」

智司は腰を突き出す。鎌首が割れ目にめりこみ、燃えるような粘膜に包まれる。包まれた瞬間、出しそうになるが、ぐっと耐える。

瑠璃のおま×こは、N温泉で繋がったときより、さらに燃えていた。肉の襞の連なりをえぐっていくと、きゅきゅっと締めてくる。

奥まで突き刺すと、もう爆発寸前だった。

「ああ、もう、だめです」

「いいわっ。そのまま強く突いてっ」

はいっ、と智司はいきなりとどめを刺すべく、ずどんっと支店長の子宮をたたいた。

「うんっ……イク……」

一撃で、またも瑠璃がイッた。その声を聞き、智司も射精させた。

「おう、おうっ」

智司の雄叫びが、夜の職場に響きわたる。菜々美相手に二発出してきたのがうそのように、大量の飛沫《しぶき》が放たれる。

「あ、ああ……すごいわ……ああ、本当に菜々美とエッチしたの？」

「してません」

「ああ、それはうそね……でも、なんか、すごい量だわ……あ、ああ、イクっ」

終わりのない飛沫を浴びて、瑠璃はまたもイッた。

ようやく脈動が終わった。智司が抜こうとすると、

「だめっ」

と、瑠璃が締めてきた。

「そのまま抜くと、洩れてしまうわ。フロアが汚れるわ」

「そうですけど」

「ずっと塞いだままでいて」

そう言いながら、瑠璃が強烈に締めてくる。

「あ、ああ……支店長……ああ、菜々美さんの髪をつかんで……ああ、手綱みたいにして、バック突きをしました」

あらたな報告をする。すると、瑠璃が右手を頭にやり、髪留めをはずした。ふわっと漆黒のロングヘアが宙を舞う。

「背中、反らしてください」

と言いながら、智司は腰を動かす。大量に出して半萎えだったが、ロングヘアが舞うのを見て、力が帯びてきた。

七分勃ちのペニスで突いていく。

「あ、ああ……」

瑠璃がブラウスに包まれた背中を反らしていく。智司は手を伸ばし、漆黒の髪をつかんだ。ぐっと引く。

「あうっ……」

瑠璃はブラウスを着ていて、智司もワイシャツを着て、ネクタイまで締めている。でも、下半身は剝き出しで繫がっている。

「ああ、もう大きくなってきたっ、どうしてっ」

「支店長がブラウスを着ているからです」

と、智司は答える。

「えっ、裸より、服着ているほうがいいの」

「いいですっ。エロすぎますっ」

瑠璃が首をねじり、こちらを見るとネクタイをつかんできた。ぐいっと引いてくる。

ううっ、と顔を寄せると、キスしてきた。智司は黒髪を引き、瑠璃はネクタイを引きつつ、ねっとりと舌をからませる。すると、おま×この中でち×ぽがさらに太くなっていく。

「ああ、突いて、たくさん突いて」

「はいっ、支店長っ」

智司は髪を引きつつ、力強く突いていく。突くたびに、ペニスがたくましくなっていく。

「あっ、あああっ、あああっ」

瑠璃は背中を反らせたまま、よがり泣く。

「おっぱいも、揉んで」

瑠璃が自らの手でブラウスのボタンをはずし、前をはだけると、ブラカップをまくった。智司は突きながら両手を伸ばし、あらわになった乳房をつかむ。それはしっとりと汗ばんでいた。

とがりきった乳首を、押しつぶすように強く揉んでいく。

「ああっ、いいっ、上手よっ」

支店長に褒められるとうれしい。

「ああ、もっと強く揉んでっ、もっと強く突いてっ、ああ、瑠璃のおっぱいもおま×こも、めちゃくちゃにしてっ」

瑠璃の声が響きわたる。

智司は乳房を揉みしだきつつ、ずどんずどんと突いていく。汗が流れてくる。ネクタイがきつい。ワイシャツが暑い。瑠璃はもっと暑いだろう。うなじが汗ばんでいる。

甘い体臭が薫ってきている。それがまた、智司を刺激してくる。

「ああ、また、出そうですっ」

「瑠璃も、またイキそうよっ」

瑠璃をイカせてから出さないと、と肛門に力を入れて、突いていく。

「あ、ああっ、イク、イクイクっ」

またも、瑠璃はイッた。今夜はとにかく、イキまくっている。智司は一人前の色事師になった気分だ。

俺もイクぞっ、とさらに突こうとすると、瑠璃が四つん這いのまま前に進んでいく。

「瑠璃さんっ」

ペニスがおま×こから抜けた。

3

瑠璃は立ちあがると、ブラウスを脱ぎ、ブラをはずしていった。素っ裸になる。

「ああ、一度、職場で裸になってみたかったの」

そう言いながら、瑠璃はフロアを歩きはじめる。給湯室に向かっている。

一歩、長い足を運ぶたびに、ぷるぷるとうねる尻たぼに視線が引きよせられる。と同時に、太腿の内側にザーメンが垂れているのが見えた。

ああ、中に出したんだ……出したまま、続けてヤッたんだ。

しかも、瑠璃はそのままにしている。智司のザーメンをおま×こに入れたままにしている。

愛液まみれのペニスが勝手にひくひくと動く。

智司もネクタイをはずし、ワイシャツとTシャツを脱いでいった。裸になると、瑠璃の尻たぼを追っていく。

給湯室で、瑠璃はミネラルウオーターを飲んでいた。ごくごくと、とてもおいしそうに飲んでいる。

「どうしたの。水、飲むの珍しいかしら」

「いや……給湯室で……支店長の裸を見るなんて……裸で水を飲んでいるなんて……」

ああ、たまらないです」

「そうね。おち×ぽもたまらないって言っているわね」

右手で紙コップを持ったまま左手を伸ばし、反り返ったままのペニスをつかんでくる。

「あぁっ、支店長……」

智司は給湯室で裸の身体をくねらせる。

「あなたも飲みなさい。すごくおいしいわよ」

　はい、と返事をして、智司は紙コップを手にする。瑠璃はペニスを握ったままだ。支店長にペニスを握られたまま、紙コップにミネラルウオーターを注ぎ、飲んでいく。おいしかった。喉がからからだったことに、飲んで気づく。

「どうかしら」

「おいしいです」

「エッチしたあとの水って、おいしいよね」

　紙コップを置くと、瑠璃がウオーターサーバーが置かれた棚に手をつき、こちらにヒップを向ける。

「続きをしましょう」

　と言う。はいっ、と智司は尻たぼをつかむと、ぐっとひろげ、立ちバックで入れていく。ずぶずぶとぬかるみの中に入っていく。

「あうっ、うんっ……」

　一撃で、瑠璃が軽くイッたようなうめき声を洩らす。おま×こがきゅきゅっきゅきゅっと締めあげてくる。それをえぐるように突き進む。

「ああっ、たくましいわ……ああ、露天風呂でしたときより、たくましいわ」

「あのときは、童貞でしたから」

「そうね……童貞だったのよね……うそみたいね」

「はい。うそみたいです」

智司は尻たぼをぐっとつかみ、立ちバックで突いていく。

「ああっ、あああっ、いい、いいっ」

いつもコーヒーを飲んでいる場所で、支店長とお互い素っ裸で腰を振り合っているのが信じられない。

給湯室で見る瑠璃の裸体も、また格別だった。白い肌がより眺白く映えて見える。

「おっぱい、揉んでっ」

すいませんっ、と謝り、両手を伸ばす。どうも、突くことばかりに集中してしまう。

突くたびに揺れている乳房を鷲づかみ、こねるように揉んでいく。

「いい、いいっ」

瑠璃は漆黒の髪を振り乱して、よがり泣く。職場ではいつもクールな支店長が、髪を振り乱す姿がそそる。

俺が今、ち×ぽ一本で支店長をよがらせているんだ、髪を振り乱させているんだ、と感動する。

「あ、ああっ、またまた、イキそうよっ」

「支店長っ……」

「あ、ああ、い、イクっ」

立ちバックで繋がったまま、瑠璃が汗ばんだ裸体をがくがくと震わせた。そして、がくっと膝を折る。ペニスが抜け、弾ける。

膝をついたままこちらに裸体を向けた瑠璃が、自分の愛液まみれのペニスにしゃぶりついてくる。

「あっ、支店長っ」

いきなり根元まで咥えこみ、うんうん、うなりつつ吸ってくる。

「あ、ああ、あああっ」

まさに貪り食らうようなフェラに、智司は一気に出しそうになる。でも、口には出したくない。二発目もおま×こに出したい。

智司のほうからペニスを引こうとするが、瑠璃は咥えて放さない。

「出そうですっ」

瑠璃は咥えたまま、智司を見あげ、だめよ、と目で命令する。支店長の顔になる。

「ああ、出ますっ」

もうだめ、出るっ、と思った瞬間、瑠璃は唇を引いていた。大量の我慢汁を出しつつも発射はせず、ぴくぴく動いている。

瑠璃はうふふ、と笑い、舌を出すと、先端を舐めてくる。

「あ、ああっ……あんっ、あんっ」

先端舐めは刺激的だったが、出すほどではない。出そうで出ない。もう出したいのに、出させてくれない。

「かわいい顔よ、智司くん」

瑠璃は悪女の顔で見あげている。もしかして、就業時間に次女とエッチしたことへの罰かもしれないと思った。

「戻りましょう」

と言うと、瑠璃は立ちあがり、ペニスをひくひくさせている部下を置いて、給湯室を出ていく。

「支店長っ」

智司は情けない声をあげて、瑠璃の尻を追う。

瑠璃はフロアの奥の自分のデスクに向かう。どうしてもぷりぷりうねる尻たぼに目がいく。

瑠璃は自分のデスクに置いてあるノートパソコンを隣のデスクに置くと、そこに座っていった。

両足をM字に立てて、

「入れて」

と言う。

おんなの割れ目はほころんでいて、そこから一発目のザーメンがにじんできている。

太腿の内側にもザーメンがついている。

智司はデスクに迫ると、瑠璃の腰をつかみ、引きよせながら、ペニスを突き出していった。ほころんだ割れ目にずぶりと入っていく。

「はあっ……」

瑠璃がうっとりとした表情を見せて、火の息を吐く。

智司は奥まで入れると、腰を前後に動かしはじめる。

「あっ、ああっ、いいわっ、ああ、これ、いいわっ……ああ、一度してみたかったの……仕事のデスクでエッチしてみたかったのっ」

突くたびに、たわわな乳房がゆったりと揺れる。乳首はつんととがりきっている。

「僕も一度してみたかったですっ」

暴発を我慢しつつ、智司もそう言う。

「あら……ああ、仕事しながら……そんなエッチなこと、考えていたのね……」

「すいません」

声がうわずっている。突きも緩くなってきていた。

「ああ、出そうなんでしょう」

「すいません、支店長」

「いいわ。このまま出して。もちろん、抜いちゃだめよ」

「はい」

支店長の許可をもらうと安心する。平社員気質が染みついている。

「ああ、出ますっ」

「いいわっ。出してっ。出したまま、抜かないでっ」

「おうっ」

智司は今夜二発目、本日四発目を瑠璃の中に放っていた。

思えば、美人姉妹相手に中出ししまくっている。今日は三十年の人生で、いちばんの日だ。

「あっ、い、イク」

またも、瑠璃もイッた。

4

「抜かないでっ」

「はい……」

「そのまま動かして」

「でも、萎えてきてます」

そう言うと、瑠璃が両手を伸ばし、智司の乳首を摘まむと、ぎゅっとひねってきた。

「あうっ……」

瑠璃は手加減なしにひねってくる。激痛が走ったが、すぐに智司の身体が反応する。萎えかけていたペニスに、あらたな劣情の血が注がれはじめる。

「乳首、かなりの性感帯よね」

と言いつつ、さらにひねってくる。

「う、うう……うう……」

「嚙んであげるわ」

瑠璃が美しい黒目を光らせて、そう言う。そして、乳首をひねったまま、ぐっと引いてきた。あっ、と智司は繋がったまま、上半身を倒していく。と同時に、瑠璃が美貌を胸板に寄せてきた。

右の乳首を唇に含まれた、と思った次の瞬間、根元をがりっと嚙まれた。

「あうっ」

智司はうめいていた。

瑠璃は容赦なく、乳首をがりがりと嚙んでくる。激痛にうめくが、痛いだけではなかった。股間にあらたな血が漲《みなぎ》り、瑠璃の中で、ぐぐっと太くなっていくのが自分でもわかった。

なんてことだ。乳首がすっかり第二の性感帯になってしまっている。童貞好きの三女の由衣に目覚めさせられ、そして次女の菜々美の責めで開花していた。

瑠璃は右の乳首から美貌を上げると、すぐさま左の乳首に囓《かじ》りついてきた。こちらもがりっと嚙んでくる。

「ひいっ」

智司の情けない声が、フロアに響きわたる。声は情けなかったが、ペニスは男らしく、たくましくなっていく。

「ああ、突いて」

　乳首から唇を引き、瑠璃がそう言う。そしてすぐに、乳首嚙みに戻る。

　うん、うん、うなりつつ、智司は突いていく。突くたびに、ぐぐっと太くなっていく。

「ああっ、いいわっ、そのまま、突いて、突いて、突きまくってっ」

　瑠璃が叫ぶ。

　智司は両手を伸ばし、突くたびに弾んでいる乳房をつかむ。こねるように揉みつつ、さらに力強く突いていく。

　すると瑠璃も手を伸ばし、智司の首にしがみついてきた。両足で智司の腰を巻くように締めてくる。

　これはもしかして、駅弁ファックっ。

「ああ、持ちあげて、繋がったまま、持ちあげて」

　はいっ、と智司は渾身の力で瑠璃の裸体を持ちあげる。さらに強く、瑠璃がしがみついてくる。汗ばんだ乳房が智司の胸板で押しつぶされる。　股間もぐりぐりと押しつけ、自らクリトリスに刺激を与えていた。

　当然のこと、おま×こは強烈に締まってくる。

「歩いて」

はい、と智司は瑠璃の裸体を抱きあげたまま、フロアを歩きはじめる。

「あっ、あんっ、ああっ」

歩くたびに、突く角度が変わり、瑠璃が火の息を吐く。

「ああ、たくましいのね、智司くん。智司くんも男なのね」

繋がったまま持ちあげている智司を、瑠璃がうっとりと見つめている。

智司も、俺もやればやれるじゃないか、とあらたな自信が漲ってくる。それはペニスにも伝わり、完全に勃起を取り戻した。

フロアをゆっくりと歩きつつ、ときおり立ち止まると、瑠璃の裸体を揺さぶる。

「ああっ、それいいっ」

瑠璃が愉悦の声をあげる。揺さぶっていると、よろめく。さすがに、長い時間は無理だった。

「下ろしていいのよ」

「すいません……」

「でも、抜いちゃだめよ。フロアを汚しちゃだめ」

「はい、支店長」

智司は繋がったまま、腰を落としていく。

「このまま、フロアに寝かせていいですか」

「いいわ。最後はやっぱり、キスしながら、出したいでしょう」

「出したいですっ」

智司はそっと瑠璃の裸体をフロアに寝かせた。そして、正常位で突きはじめる。

すると、瑠璃がうふふと笑う。

「どうしたんですか、瑠璃さん」

「だって、やっと、正常位でエッチするから」

「そうですね」

智司は瑠璃の両足を抱え、押し倒すようにして、深く突き刺していく。

「ううっ、当たるわ……子宮に当たるわ」

瑠璃の眉間の縦皺が深くなる。

智司はさらに上体を倒し、瑠璃にキスしていく。すると、また瑠璃が両腕を智司の首にまわしてきた。ぬらりと舌をからめてくる。

「う、ううう っ……」

智司はバネを利かせるようにして、ずどんずどんっと突いていく。

「うう、ううっ、ううっ」

突くたびに、火の息が吹きこまれる。あらたな汗が噴き出てくる。智司の身体は、瑠璃の汗の匂いに包まれていた。

「ああっ、また出そうですっ」

「いいわ……出してっ、ああ、たくさん、出してっ、智司くん」

思えば、ずっと入れている。出しても出しても、ずっと瑠璃のおま×こに包まれている。

「ああ、出ますっ、また、出ますっ」

幸せすぎる、と思った瞬間、智司はみたび射精した。

「あっ、イク、イクっ」

瑠璃がしっかりと抱きつきながら、いまわの声をあげた。

智司のペニスは三発目なのがうそのように、勢いよく脈動を続ける。

「ああ……たくさん出たね」

「はい、支店長」

「でも今抜くと、垂れるわね」

「すいません……」

「どうしようかしら。ずっとこのまま朝まで繋がっている？」

「えっ、いいんですかっ、支店長っ」

「ばかね、冗談よ」

「ずっと繋がっていたいですっ」

智司はなぜか泣いていた。

「ばかね……」

瑠璃が言い、指先で流れる涙の雫《しずく》を拭ってくれた。

第六章　秘湯の競艶

1

週末——智司はペンション湯女にいた。

客たちの夕食を終えたあと、四人でダイニングでご飯を食べている。

瑠璃、菜々美、由衣。なぜか、三姉妹はみな、タンクトップにショートパンツ姿だった。

瑠璃は黒のタンクトップでセクシー系、由衣はピンクのタンクトップで愛らしく、菜々美はオーナーということもあるのか白だったが、それにエプロンをつけていて、そそっていた。

由衣はしかもタンクトップの裾が短めで、平らなお腹まで露出させていた。

智司は三姉妹とご飯を食べつつ、この三人すべてとヤッているんだ、よがり顔に、よがり声、それにおま×この締め具合まで知っていることに驚愕《きょうがく》する。

ちょっと前まで、童貞だったのだ。転勤して本当によかった、と思う。

「ところで、今夜、智司さん、どうするの」

由衣が智司を見つめて、そう聞いた。

「どうするって……」

今夜は誰とエッチするのか、とみんなの前で聞かれた気がして、ドキンとする。

「今夜、満室でしょう。智司さんが寝る客室はないよ」

と、由衣が言い、

「それなら、僕はここで寝ます」

と、智司は答えた。

「私のベッドで寝ればいいよ」

由衣が長女と次女の前で、彼女宣言をする。

「いいよね、智司さん」

「えっ、そ、それは……」

智司は思わず、うかがうように瑠璃を見て、そして菜々美を見てしまう。

「なに、その煮えきれない返事」

由衣が頬をふくらませる。

「智司くんはうちの支店で引き取るわ」

と、瑠璃が言う。

「いや、オーナーの私が責任を持つから」

と、菜々美が言う。

「あの、僕、ここで寝ますから」

瑠璃、菜々美、由衣。誰かの部屋で寝れば、その彼氏と認定されてしまう。智司は瑠璃も菜々美も由衣も好きだ。誰かにいい顔をして、優柔不断だと思われてしまうが、誰かに決めるなんて無理だった。

それなら、ダイニングの床で寝たほうがいい。

「わかったわ。そうしなさい」

瑠璃が支店長の口調でそう言った。

夕食のあと、後片づけも手伝った。誰かとふたりで露天風呂に行くのも憚《はばか》られ、三姉妹全員とヤリつつ、三姉妹全員とヤレる状態にありながら、智司は夕食のあとの時間を、ひとりダイニングで過ごした。

「どうぞ」

菜々美がコーヒーを持ってきた。

「ありがとう」

菜々美がダイニングテーブルの向かい側に座り、エプロンを取った。タンクトップの胸もとがやけに目を引く。

「お風呂、入ったら？」

菜々美が聞く。

「そうですね。宿泊客の人たちはみなさん入ったんですか」

「みなさん、あちこちの秘湯に入りに行っているから、今なら大丈夫よ」

「そうなんですか。じゃあ、入ってきますね」

ペンションの露天風呂なら、ひとりで入れば、三姉妹は怒らないだろう。

コーヒーを飲み、智司はダイニングを出た。ペンションのそばに、宿泊客専用の露天風呂がある。竹の柵で囲ってあり、まわりからは見られないようになっていた。

男女で入る時間が決まっていて、土曜の午後八時から九時半までは男性専用となっている。それを確認して、智司は中に入った。宿泊客は誰もいなかった。客はすべて常連で、秘湯めぐりが趣味らしい。

智司は服を脱ぐと、露天風呂に入っていく。

「ああ……」

肩まで浸かると、思わず声が出る。そして、笑ってしまう。

K市に来るまで、風呂はいつもひとりで入っていた。それが当たり前だった。だが、ここに来てから、思えばいつも女性の誰かとふたりで露天風呂に入っていた。

K市に来てはじめて、ひとりで露天風呂に浸かってうなっている。

空を見あげると、無数の星がきらめいている。こんなに星が見えるんだ、とそれもはじめて気づく。これまでは目の前にそそる裸体があって、星どころではなかったのだ。

星空を見あげていると、瑠璃の裸体が浮かんでくる。それが菜々美に代わり、そして、由衣の裸体に代わっていく。

「星もいいけど……やっぱり女体だよな」

そうつぶやいていると、竹の扉が開いた。

「あっ」

由衣がするりと入ってきた。

「今、男性時間だよ」

しいっ、と由衣が人さし指を口に当てる。

そして、タンクトップの裾をつかむと、引きあげていく。ぷるるんっと豊満なバストがあわれる。

「なにしているのっ、由衣ちゃんっ」

「背中、流してあげようかと思って」

と言いつつ、ショートパンツも下げていく。タンクトップとお揃いのピンクのパンティが貼りついている。キュートな感じが、由衣に似合う。

そのパンティも下げていく。

「由衣ちゃんっ」

瞬く間に全裸になった由衣はボディソープを手のひらに出し、泡立てはじめる。

「どうぞ」

洗い場に置かれた椅子を指さす。椅子はなぜか、凹形をしていた。

「まずいよ。誰か来たら、どうするの」

「そのときは、サービスですって、そのお客さんのおち×ぽも洗ってあげるわ」

と言って、由衣は舌を出す。

「おいおい」

「さあ、座って」

瑠璃がいないときにマンションに呼んで処女を捧げたり、こうして男湯タイムに顔を出したり、スリリングな刺激が好きなのか。思えば、菜々美も登山道の真横の秘湯でのエッチでよがりまくっていた。そういう血筋なのか。

はやく背中を洗ってもらったほうが、由衣がはやく出ていくと思い、智司は湯船から出た。

「うふふ」

智司の股間を見て、由衣がうれしそうに笑う。智司のペニスはすでにびんびんになっていた。まずいよ、由衣ちゃん、と言いつつも、脱いでいく由衣を見ながら、勃起させていたのだ。

椅子に座ると、由衣が背中に泡をつけてきた。両手でなぞるように、泡をひろげていく。ぞくぞくとした刺激に、智司は上半身をくねらせる。

由衣は泡を背中の下までつけていき、そして手のひらを引いていった。すぐに、今度は乳房を押しつけられた。

「あっ……」

押しつけた由衣のほうが、甘い喘ぎを洩らす。乳首が勃っているのだ。

由衣は乳房をこすりつけつつ、両手を前に伸ばし、智司の乳首を摘まんでくる。

「あっ……」

今度は、智司が声をあげる。

由衣は乳房をこすりつけながら、乳首を軽くひねってくる。

乳房が下がっていく。乳首をつまんでいた手が、ペニスへと伸びた。ぐいっとつかまれる。

「ああ……」

右手で胴体をしごきつつ、左手で先端を撫でられて、腰をくねらせてしまう。だがすぐに、左右の手はペニスから離れた。次の瞬間、背後から蟻の門渡りをなぞられた。椅子が凹形をしているわけがわかった。こうして、背後から股間の下を洗うためだ。

蟻の門渡りを撫でられるだけで、ぞくぞくする。ペニスが勝手にひくひく動く。

蟻の門渡りから前に伸ばした手で、今度は垂れ袋をつかんでくる。やわやわと刺激する。

「ああっ、こんなこと、どこで覚えたんだい」

「知らない……勝手に手が動いているの」

女の本能というわけか。それとも、三姉妹の血筋か。

手が引かれた。もっとやわやわとした刺激が欲しかった、と思っていると、肛門をなぞられた。

「ああっ」

またも、智司が声をあげてしまう。

由衣はまた背中に乳房を押しつけながら、肛門の入口を指先でなぞってくる。

2

また、竹の扉が開いた。

男の客ではなく、今度は菜々美が入ってきた。

「あら、背中を流そうと思ってきたのに……」

菜々美が姿を見せても、由衣は智司から離れなかった。乳房を押しつけ、肛門の入口をなぞっている。

「私が洗ってあげているから、菜々美姉さんはいいよ」

と、由衣が言う。

「由衣、処女じゃなくなってから、ずいぶん大胆になったわね」

「そうかな」

そうよ、と言いつつ、菜々美がタンクトップを脱ぎはじめる。

「菜々美さん……」

目を見張っていると、菜々美のバストがあらわれる。由衣と競うような豊満なふくらみだ。

一度に、ふたりのおっぱいを目にするとは。いや、それだけではない、菜々美はショートパンツも脱ぎはじめたのだ。こちらもタンクトップと揃いの白のパンティだった。極小パンティで割れ目だけをきわどく隠している。

「菜々美姉さん、エッチなパンティ」

「そうかしら」

菜々美はパンティも下げていく。由衣と似たような薄い恥毛が股間を飾っている。

妹同様生まれたままの姿になった菜々美は、お湯を裸体にかけると、ボディソープをいきなり乳房に垂らしていく。なんか、ザーメンを乳房にかけられたみたいだ。

ひくひく動く智司のペニスを見つめつつ、菜々美が乳房で泡立てはじめる。

「なんか、エッチ……ずるいよ、菜々美姉さん」

確かに、泡立てかたがエロかった。

乳房を泡まみれにさせた菜々美が正面から抱きついてきた。

「ああ……」

火の息を智司の顔に吹きかけつつ、乳房で胸板を洗ってくる。

「ああ、菜々美さん……」

「菜々美姉さん、智司さんとエッチしているのね」

「しているわよ」

「W温泉の秘湯ね。秘湯エッチに誘ったのね」

「そうよ。智司さん、処女おま×こより、私のおま×このほうがよかったって」

「そうなのっ」

「いや、そんなこと言ってないよっ」

「あら、じゃあ、処女おま×このほうがよかったの？」

そう聞きながら、菜々美は泡まみれの乳房でペニスを挟んできた。左右から押して、乳房を上下させせはじめる。パイズリだ。

「ああっ、ああっ、それっ」

智司はうめく。

「由衣、ちゃんとお尻の穴まで洗ってあげるのよ」

ペニスを自分のものにして、菜々美は余裕の顔で、妹に指示する。

「智司さんのおち×ぽは、由衣のものなのっ」

と言って、由衣も前にまわってきた。

どいて、と菜々美を押しやろうとするが、菜々美はしっかりとペニスを挟んだまま譲らない。

「もうっ、菜々美姉さん、最低っ」

と言って、由衣は立ちあがると、ぷりっと張ったバストを、智司の顔面に押しつけてきた。

「う、ううっ」

ペニスと顔面のダブルパイズリだ。気持ちよくて、腰をくねらせる。

「吸ってっ、乳首、吸ってっ」

由衣が指示してくる。智司は言われるまま、由衣のとがった乳首を口に含み、吸っていく。

「ああっ、ああっ」

由衣はさらに強くバストを押しつけてくる。窒息しそうだ。その間も、菜々美はパイズリを続けている。

「う、ううっ」

腰のくねりが止まらない。ちょっとでも気を抜くと、出してしまいそうだ。

「ああ、また硬くなってきたわ。出したいんでしょう、智司さん」

さすが、菜々美だ。パイズリしながらも、ペニスの状態を把握している。

「う、ううっ」

出したいですっ、と叫ぶも、由衣の乳房で顔面を塞がれていて、うめき声しか出てこない。

「いいわよ。出してっ」

菜々美がペニスを挟んだ乳房を激しく上下に動かしつづける。

「うっ、ううっ、ううっ」

出るっ、と叫び、智司は射精させた。やわらかな乳房に包まれながらの射精も、たまらなく気持ちよかった。

「ああ、すごいわ。すごく出てる」

菜々美の乳房がザーメンだらけになっている。

「えっ、あっ、うそっ」

智司の顔面から乳房を引いて、由衣が驚きの声をあげる。

「洗ってあげたのに、また汚しちゃったね」

「すいません。菜々美さんのおっぱいも汚してしまって」

「おっぱい、洗ってる途中だから、大丈夫よ。智司さんのおち×ぽ、また洗ってあげるわ」

と言うなり、菜々美は由衣が見ている前で、射精させたばかりのペニスにしゃぶりついてきた。

「あっ、菜々美姉さん……」

由衣は菜々美のエロ女ぶりに、圧倒されている。

菜々美は鎌首をちゅうちゅう吸っている。イッたばかりの先端を吸われ、くすぐったた気持ちよさに、智司は椅子の上で下半身をくねらせる。

「ああ、大きくなってきた」

唇を引き、菜々美がそう言う。萎える暇もなく、勃起を維持している。

「今度は、由衣がおっぱいでしてあげるっ」

と言って、由衣が菜々美の裸体を強く押す。今度は菜々美が妹にペニスを譲る。

由衣があらたに乳房にボディソープを垂らし、泡立てる。それを見て、菜々美が背後にまわってきた。尻をそろりと撫でてくる。

「あっ……」

菜々美の尻撫でに、声をあげてしまう。

「菜々美姉さんで感じちゃだめ。由衣で感じて」

と言うと、由衣が泡まみれにさせた乳房で、射精させたばかりのペニスを挟んでくる。と同時に、菜々美が泡を塗した指先を、智司の肛門に入れはじめる。

「ああっ、だめですっ、入れるのはだめですっ」

「大丈夫よ、智司さん」

そう言いつつ、指先を少しだけ、尻の穴に忍ばせてくる。

「ああっ」

最初痛みが走ったものの、すぐに快感を覚えてしまう。

「あっ、大きくなった」

パイズリしている由衣が、驚きの声をあげる。

「おち×ぽとお尻の穴は繋がっているのよ、由衣」

そう言いつつ、指先を尻の穴の中で動かしてくる。

「あう、うう……」

正面からは三女のパイズリを受け、うしろからは次女の肛門いじりを受けている。

夢のような体験に、智司ははやくもあらたな先走りの汁を出しはじめる。

「ああ、たくさん出したはずなのに、もう」

と言うなり、由衣が先端にしゃぶりついてきた。じゅるっと先走りの汁を吸い取ってくる。

「ああっ、それ、いいっ」

先端がとろけそうになる。

由衣は先端を吸いつつ、左右から挟んだ乳房を上下させてくる。

だが、菜々美ほど気持ちよくない。大きくなったペニスがじわじわと萎えていく。

「えっ、どうして」

由衣があせって、激しく乳房を上下させる。菜々美の指はまだ、肛門の中にあった。

けれど、さらに小さくなっていく。

「ああ、うそ……由衣のこと、嫌いなんですかっ」

由衣が大きな瞳に涙をためはじめる。

「いや、違うんだっ」

「だって、だんだん小さくなっていくよ」

「由衣のパイズリは、いまいちなのよ」

と、菜々美が言う。

「えっ、そうなの、智司さん」

由衣が泣き濡れた瞳で見あげている。

「いや、そんなことはないよ。今、出したばっかりだから、そんなに大きくならないんだよ」

「うそ……由衣が下手なのね」

由衣はあらたにボディソープをたっぷりと乳房にかけ、泡立てる前に、ペニスを挟んでくる。そして、ぬらぬらのソープで刺激を与えてくる。と同時に、顔を伏せて、鎌首を唇に含む。

乳房の上下動と連動させて、唇も上下させていく。

「あ、ああ……それ、いいよ……」

はやくも、パイズリを取得したのか。三姉妹には、男を喜ばせる血が流れているのか。

「う、ううっ、うう……」

由衣は自分の乳房に顔面をめりこませるようにして、ペニスをしゃぶってくる。上からは口、左右からは乳房。ダブルの責めで、再びペニスが力を帯びてくる。

「ああ、うれしいっ」

由衣が笑顔になり、パイズリとおしゃぶりを続ける。

「あ、ああ……ああ……いいよ」

うなっていると、竹の扉がまた開いた。

「あっ……瑠璃さん」

瑠璃は大きく目を見張り、そしてすぐに、背中を向けた。

「瑠璃さんっ」

声をかけるも、瑠璃の姿は消えていた。

3

智司はダイニングの床に布団を敷いて寝ていた。

瑠璃には最悪のところを見られてしまった。背中を流してもらうのが、パイズリになり、喘いでいたところを見られたのだ。しかも、正面には由衣、背後には菜々美がいたのだ。

瑠璃が去ったあと、ペニスはすっかり萎えてしまい。それからは、どう刺激を与えても、大きくならなかった。

そのち×ぽを見て、由衣が、

「瑠璃姉さんが好きなのね」

とつぶやき、裸のまま露天風呂から出ていった。待ってて、と菜々美があわてて、自分の服と由衣の服を抱えて、あとを追った。

由衣には悪いことをしたが、自分の意志ではペニスはコントロールできない。だから、そのときの感情がもろにペニスに出るとも言える。

白い足が視界に入ってきた。

「支店長……」

瑠璃がロングのTシャツ一枚で、ダイニングにあらわれた。そのままキッチンに向かい、冷蔵庫を開くと、ミネラルウオーターを出した。グラスに空けると、ごくごくと飲んでいく。

「智司くん、あなたも飲むかしら」

瑠璃が聞いてきた。飲みますっ、と智司は起きあがり、キッチンに足を向けた。智司はTシャツに短パン姿だった。

瑠璃がグラスにミネラルウオーターを注ぎ、どうぞ、と差し出す。そのとき、Tシャツの胸もとがべったりと貼りつき、乳房の形が浮き出した。乳首のぽつぽつがやけに目立つ。

「ありがとうございます」

と受け取り、飲んでいく。おいしかった。かなり喉が渇いていたことに気づく。

「これから、露天風呂、どうかな。さっき、入りそびれたから」

「さっきは、あの……すいません……由衣さんと菜々美さんが、あの、背中を流してくれていて……」

「パイズリって、背中を流すって言うのかしら」

「ああ、すいません……」

「行きましょう」

瑠璃が先を歩く。長めのTシャツの下にはなにも着ていないように見えた。むちっと張った双臀のラインが生々しい。

瑠璃はサンダルを履いて、建物を出た。ペンションの露天風呂に向かうのかと思っていたが、違っていた。駐車場に置いているペンションの自転車に跨がる。

「あっ」

智司は驚きの声をあげていた。サドルに跨がったことで、Tシャツの裾がたくしあがり、瑠璃の恥部があらわになったのだ。

「支店長、見えてます」

「見せているのよ」

そう言って、妖艶に笑う。さすが、菜々美と由衣の姉だ。

「行くわよ」

瑠璃が自転車を漕ぎはじめる。ぷりっと張った尻たぼがサドルに押しつぶされている様がわかった。

すげえっ、とつぶやき、智司もあわてて自転車に乗り、漕ぎはじめる。瑠璃を、瑠璃の尻を追っていく。

自転車を漕ぐ瑠璃の姿は美しい。Tシャツから伸びたすらりとしたナマ足が、月明かりを受けて、絖白く浮きあがっている。

夜中の温泉地は、人の姿はない。あちこちから湯煙が上がっているなか、瑠璃は颯《さっ》爽《そう》と、そしてセクシーに漕いでいく。

しかし、支店にいるときとのギャップがすごい。仕事中は、伊達眼鏡をかけて、クールな顔しか見せていない。だが今は、尻たぼまる出しで、温泉地を自転車で駆け抜けているのだ。

すでに智司はびんびんにさせていた。となると、自転車が漕ぎづらくなる。漕ぐたびに、ブリーフに先端がこすれて、刺激を覚えてしまう。しかも目の前には、サドルからはみ出た尻たぼと、絖白いナマ足があるのだ。

はやく目的地に着かないと、漕ぎながら射精してしまう。

瑠璃は山道へと入った。途端に、がたがたと自転車が揺れはじめる。となると、さらに先端がブリーフにこすりあげられる。

「あっ、あんっ……」

前方から、甘い喘ぎが聞こえてきた。もしや、瑠璃も刺激を受けているのか。よく見ると、サドルに強く股間をこすりつけているようだ。

なんてことだ。支店長が自転車を漕ぎつつ、クリオナニーっ。

それだけではないだろう。とがった乳首もTシャツにこすれているはずだ。

「あっ、あんっ、やんっ」

瑠璃の自転車がふらふらしはじめる。

「支店長っ、大丈夫ですかっ」

「あ、ああっ」

瑠璃がぐぐっと背中を反らせ、

「イクっ」

と叫ぶと、倒れていった。

「瑠璃さんっ」

智司はあわてて自転車を降り、サドルオナニーでイキながら自転車ごと倒れた瑠璃に駆け寄る。

「大丈夫ですかっ」

瑠璃がこちらを見あげた。その目はとろんとして、いかにも今、イキました、という顔をしていた。

「イッちゃった……」

瑠璃さんっ、と智司は思わず、キスしていった。すると、瑠璃は唇を開いて迎え、舌をからめてきた。

ぬちゃぬちゃと唾液の音を立てて、舌と舌とをじゃれつかせる。

倒れたときに、Tシャツがさらにたくしあがり、お腹までまる出しになっていた。

「ああ、自転車漕いでいたら、すごく感じてきて。もう、こするのやめられなくなってしまって……ああ、こんな淫乱、軽蔑するかしら」

しないわよね、という目で、瑠璃が見つめている。

「しません。僕も出そうになってました」

「あら、そうなの」

瑠璃が短パンの裾から手を入れてきた。ぱんぱんのブリーフの先端を撫でてくる。

「あっ、だめですっ」

不意をつかれたせいか、危うく出しそうになる。

「立てますか」

大丈夫、と言って、瑠璃が立ちあがる。たくしあがっていたTシャツの裾が落ちて、恥毛に飾られた股間もきわどく隠れた。

不思議なもので、隠れると見たくなる、触りたくなる。

智司は瑠璃の股間に手を伸ばし、クリトリスを摘まんだ。優しくころがす。

「ああああっ、だめだめっ……ああああっ、クリ、だめよっ」

いきなり瑠璃は鋭敏な反応を見せた。サドルオナニーでイッた余韻がまだ残っているようだ。

智司はクリをいじりつつ、Tシャツ越しにとがった乳首も摘まんだ。ふたつ同時に責める。

「あ、あああっ、だめだめ……あ、あああっ、また、イッちゃうっ……ああ、また、イッちゃうのっ」

イクっ、と叫び、瑠璃ががくがくと、Tシャツだけの肢体を痙攣させた。

はあはあ、と火の息を吐き、

「もう、いけない部下ね」

ちょんと智司の額を指で突く。

「あと少し、登ったところに、秘湯があるから」

と言って、瑠璃はまたサドルに跨がっていく。するとまた、Tシャツの裾がたくしあがり、サドルにつぶされた尻たぼがあらわれる。

智司はそれをそろりと撫でる。

「あんっ……だめよ……秘湯に行くわよ」

智司は構わず、そろりそろりとはみ出た尻たぼを撫でつづける。

「もう……」

瑠璃が自転車を漕ぎはじめた。するとすぐに、

「ああっんっ」

甘い声をあげて、ちょっとしか進まず、またよろめきはじめる。

じかにサドルに跨がっているのが大きいようだ。それでも構わず、漕いでいく。

「あっ、あんっ、やんっ、あんっ」

またも、サドルオナニーとなる。

「いや、もう、イキたくないのっ」

と言いつつも、瑠璃は自らサドルにクリトリスをこすりつけつづけている。

「あっ、い、イクっ」

熟れた身体をがくがくと震わせ、また自転車ごと倒れていく。

「瑠璃さんっ」

また、智司は自転車を降りて駆け寄った。

「ああ、もう、無理ね。もうすぐなの。ここから歩きましょう」

智司が腕を引くと、瑠璃は起きあがった。

手を繋いだまま、細い山道を歩きはじめる。瑠璃からは、甘い体臭が薫ってくる。

イキまくった女の匂いだ。

「智司くんは、勃起していないのかしら」

と聞きつつ、瑠璃が短パンの前に手を伸ばしてきた。こちこちの股間をつかまれる。

「ううっ……」

「すごいわね。これ、漕ぐとこすれるでしょう」

「こすれます……何度も出そうになりました」

「あら、そうなの」

「だって、瑠璃さんのお尻、ずっと見せつけられて、漕いでいるんですよ」

「気に入ったかしら」

と言って、瑠璃が妖しい目で見つめている。

どうやら、菜々美と由衣と露天風呂にいっしょにいたことで怒っているのではなく、あれを見て、挑発的に智司に迫ろうと思ったようだ。

「気に入りました。支店長が尻たぼまる出しで自転車なんて、支店の仲間に見せてやりたいです」

「そうねえ。支店の仲間に見られたら、もっとイクかも……」

とつぶやきつつ、瑠璃は短パン越しに、勃起の先端をなぞりつづける。

「あ、ああ……瑠璃さん……だめです」

「まさか、これくらいでイカないでしょう」

「いや、わかりません……」

智司は山道で下半身をくねらせる。

「出そうですっ。だめですっ」

出るっ、と思った瞬間、

「着いたわよ」

瑠璃が短パンから手を引いた。

4

茂みをかき分けて進むと、いきなり露天風呂があらわれた。

「すごいですね。ここは絶対、誰にもわかりませんね。秘湯マップにも載ってませんでしたね」

「智司くんとは一度来たいと思っていたの。ここなら、由衣には邪魔されないわ」

「由衣ちゃんに……」

「そう。はじめての男だから、かなり入れこんでいるようね」

と言いながら、瑠璃が短パンをブリーフといっしょに下げてくる。弾けるようにペニスがあらわれる。

「これで、破ったんでしょう」

我慢汁だらけの先端を手のひらで包み、刺激を与えてくる。

「ああっ、出そうですっ。だめですっ」

「出していいのよ」

「手コキで出すなんて、いやですっ」

「そうねえ。おま×こに出したいよね。おま×こがそばにあるものね」

と言いつつ、瑠璃は先端だけを責めてくる。

「破りましたっ。由衣ちゃんの処女膜、破りましたっ」

瑠璃が手を放す。

「いけないおち×ぽね」

指先で、先端を弾いた。

「ううっ……」

智司はうなる。

「入りましょう」

瑠璃は長めのTシャツの裾をつかむと、引きあげ、脱いでいった。あっという間に全裸となる。

「寝るときはいつも、これ一枚なの」

瑠璃ははやくも露天風呂にすらりと伸びた足を入れていく。

智司もTシャツを脱ぎ、裸になる。

「我慢汁は洗いなさい」

「はい。すいませんっ」

智司は露天風呂のお湯を手のひらで掬い、先端にかける。我慢汁は流れ落ちるが、すぐにあらたな汁が出てくる。

「一度、出しちゃいなさい」

「えっ」

「自分で出しなさい」

「そんな……」

目の前に、極上の美女がいるというのに、手コキで出せというのか。

「あら、いつの間に、贅沢になったのかしら。K市に来るまで、毎晩、自分でしごいていたんでしょう」

「そんな……支店長……」

やっぱり、瑠璃はさっきの姉妹3P洗いを怒っているのだ。だから、意地悪しているのだ。

「また、どんどん我慢汁が出ているわよ」

泣きそうになりつつも、我慢汁は出つづける。いや、泣きそうだから出るのか。

「支店長……あの、口で……おねがいします」

「あら、なんて生意気な部下なのかしら」

「すいません……おねがいします」

「自分で出しなさい」

「ああ、支店長っ」

智司は半泣きになりつつ、しごきはじめた。おかずは瑠璃の乳房だ。湯船に浸かってはいるものの、乳房は出している。

思えば、K市に転勤になってから、一度もオナニーしていない。自分の手でしごいていなかった。

瑠璃、菜々美、由衣の美人三姉妹の口とおま×こにずっと出していたからだ。なんて贅沢なことなのか。K市に来てすぐに温泉に誘ってくれた瑠璃に感謝する。

智司は瑠璃の乳房を見ながらしごきつつ、泣いていた。

「あら、そんなに自分でするのはいやなのね。仕方がないわね」

と言うと、瑠璃が湯船から出てきた。お湯に濡れた瑠璃の裸体が月明かりを受けて、神々しくも、エロティックに輝いていた。

それを見て、智司は出しそうになる。ぐっと耐えていると、膝をついた瑠璃がぱくっと咥えてきた。先端が瑠璃の口の粘膜に包まれた瞬間、智司は吠えていた。

「おう、おうっ」

月空に向かって雄叫びをあげながら、瑠璃の口に射精する。

どくどく、どくどくと凄まじい勢いでザーメンが噴き出す。

「う、うう……うぐぐ……」

瑠璃は美貌を歪めることなく、智司のザーメンを受けてくれている。そんな支店長の姿を見て、智司は射精しつつ、あらたな感動を覚える。涙で視界が霞《かす》んでいく。

上司の喉に射精しつつ泣いている男なんて、この世に智司くらいだろう。

ようやく脈動が収まった。瑠璃は唇を引かず、そのままにしている。

「支店長、ありがとうございます」

瑠璃が唇を引いていく。そして、ごくんと喉を動かした。

「支店長っ」

すごく胸が熱くなり、智司はしゃがむと、瑠璃の裸体を抱きしめた。

「ありがとうございますっ。K市に越してきてよかったですっ。K市、最高ですっ」

智司はぼろぼろと涙を流していた。すると、瑠璃が豊満なバストを智司の顔面に押しつけてきた。瑠璃さんっ、とおっぱいに埋もれながら泣いていた。

「ばかな智司くん」

乳房から見あげると、瑠璃も美しい瞳を潤ませていた。

「瑠璃さん……」

「もらい泣きよ。なんで涙が出るのかまったくわからないわ。さあ、入りましょう」

半勃ちのペニスを引いて、瑠璃が湯船に入ろうとする。

すると、がざがさと茂みが鳴り、由衣が姿を見せた。

「やっぱり、ここだったね」

「あら、由衣」

智司は驚いたが、瑠璃はさほど驚いてはいなかった。

「智司さんと瑠璃姉さんがペンションからいなくなっていたから、絶対ここだと思ったの。自転車が二台倒れていて、やっぱりって思った」

と言いながら、由衣がタンクトップを脱いでいく。ぷるるんっと、若さの詰まったバストがあらわれ、智司のペニスがひくっと動く。

さらに、ショートパンツを脱ぐと、パンティも下げていった。瞬く間に生まれたままの姿になると、智司に近寄ってくる。

そして、ちゅっとキスしてきた。

「あら……大胆ね」

と、瑠璃が言う。

由衣は智司の首に両腕をまわし、強く唇を押しつけてくる。舌を差し入れ、ぬらりとからめてくる。

智司はペニスを長女に握られ、三女とベロチューをしていた。握られているペニスがどんどん硬くなるのがわかる。由衣とベロチューをして、興奮しているのが瑠璃にもろわかりだ。

いや、由衣とキスしているから興奮しているのか。違う。瑠璃にペニスを握られているから興奮しているのだ。

由衣が唇を引いた。するとすぐに、瑠璃が美貌を寄せてきた。あっと思ったときには、今度は長女に唇を奪われていた。ぬらりと舌が入ってくる。

由衣と同じく唾液は甘かったが、瑠璃のほうが濃厚だった。

「うんっ、うっんっ」

由衣に見せつけるためか、瑠璃はねっとりと舌をからめ、吸ってくる。すると、ぐぐっとペニスが力を帯びていく。

「由衣もっ」

由衣が智司のあごを摘まみ、自分のほうに向かせようとする。瑠璃の舌が抜け、智司が横を向くと、すぐに由衣が唇を重ねてくる。

だが、すぐに瑠璃にあごを引っぱられ、由衣の唇から瑠璃の唇へと戻る。するとまた、由衣がキスしようとしてくる。

「いっしょにしましょう」

と、瑠璃が言い、正面を向いて智司が舌を出すと、右から瑠璃が左から由衣が舌をからめてくる。

智司は一気にぎんぎんに勃起させていた。それを左右から瑠璃と由衣がつかんでくる。

瑠璃が先端を撫で、由衣が胴体をしごいてくる。左右から舌をからませながらだ。

しかも瑠璃が、おっぱいを揉んでと言ってきた。智司は右手で瑠璃の乳房をつかみ、左手で由衣の乳房をつかむ。同時に揉みしだいていく。

すると、はあっ、ああっ、と瑠璃と由衣の火の息が、同時に吐きかけられてくる。

ここは極楽だった。俺の人生で、これ以上いいことはないと思った。

瑠璃が智司の右の乳首を摘まんできた。ぎゅっとひねってくる。

「あうっ、ううっ」

うめくと、由衣も左の乳首を摘まみ、加減なくひねってくる。

「うう、ううっ」

「痛いかな」

由衣が聞く。

「い、いや、痛くないよ」

「そうだよね」

ペニスをしごきつつ、舌をからめつつ、乳首をさらにひねってくる。

「ああっ、あああっ」

智司は腰をくねらせていた。気持ちよすぎて、とてもじっとしていられない。たった今、瑠璃の口に出したばかりなのに、はやくもまた出そうになっている。

それに気づいた瑠璃が、ペニスの先端から手を引いた。由衣もしごくのをやめる。

そして、ふたりとも湯船に浸かっていく。

ぎりぎり暴発に耐えた智司はひとり、洗い場ではあはあと荒い息を吐いている。ひくひくと勝手に動くペニスの先端は、あらたな我慢汁で白くなっている。

そこめがけて、由衣がお湯をかけてきた。

「あんっ」

またもお湯かけに感じてしまう。情けない声をあげてしまう。

瑠璃も由衣をまねて、お湯をかけてくる。

「あっ、あんっ……あんっ……」

ペニスの先端が異常に敏感になっている。お湯かけでも、出してしまいそうだ。

どうにか我慢汁はなくなり、智司も湯船に入った。瑠璃と由衣の間に座る。すると、左右から手が伸びてきて、ペニスをつかまれた。

「ううっ」

またも、智司だけがうめき、湯船の中で腰をくねらせる。

「抱っこしてほしいな」

由衣が菜々美みたいなことを言う。そして、返事を待つ前に、智司に背中を預けるようにして、跨がってきた。由衣自らペニスをつかみ、腰を落としてくる。

「あぁっ」

智司と由衣はいっしょに声をあげていた。

やっぱり、由衣のおま×こはきつきつだった。

「ああ、きついよ」

思わず、そう言う。すると由衣が、

「瑠璃姉さんと、どっちがきついの」

と聞いてくる。きつさでは、由衣だった。

「どっちかな……」

智司はごまかす。

「由衣でしょう、智司さん。由衣とつき合うって、ここで決めて」

抱っこ状態で繋がったまま、由衣が裸体をまわしてくる。当然、きつきつのおま×こに包まれたまま、ペニスがひねられる。

「あうっ、ううっ」

智司がうめいてる間に、由衣が正面を向いた。

「由衣とつき合うって、これからは、由衣のおま×こだけに入れるって、ここで決めて、智司さん」

つぶらな瞳でじっと見つめ、由衣が言う。

「それは……」

智司は瑠璃を見やる。瑠璃も、どうするのかしら、という目で見つめている。ひとりになんか決められなかった。瑠璃も、菜々美も、由衣も、三姉妹みんな好きだ。このまま三姉妹とも、ずっとエッチをしていたい。

「由衣じゃないってよ」

と言うと、瑠璃が由衣の裸体を押す。だが、由衣は媚肉全体で、しっかりと智司のペニスを咥えこんでいるため、抜けることがない。

5

瑠璃は湯船から立ちあがり、尻を智司に向けた。そして上体を倒すと、尻たぼをつかみ、ぐっと開いてみせた。

「る、瑠璃さん……」

おんなの割れ目も開き、発情している媚肉が智司を誘っている。

「あっ、すごく大きくなったっ」

「私に入れたくて、大きくなったのよね、智司くん」

「えっ、い、いや……それは……」

「そうなの？　智司さんっ」

由衣が頬を膨らませて、智司をにらむ。ペニスを咥えこんでいるのに、瑠璃に嫉妬している。

「はっきりしなさい。どっちのおま×こに入れていたいのかしら」

瑠璃が話すたびに、あらわになっている媚肉が妖しく蠢《うごめ》く。

見ていると、吸いこまれそうになる。頭から蠱惑《こわく》の穴に入ってしまいたくなる。

智司は由衣の腰をつかむと、ペニスを下げはじめる。

「なにしているのっ。だめよっ、智司さんっ」

智司は由衣からペニスを抜くと、由衣を押しやるようにして、立ちあがった。

「瑠璃さん」

智司の視線は、瑠璃のおま×こから離れなかった。

「入りたいです」

「入りたい？　入れたいの間違いでしょう」

「いいえ、入りたいです。瑠璃さんのおま×こに、頭から入りたいです」

「智司さん……なに言っているの」

と、由衣が言う。

「いいわよ。頭から入っていいわよ。私のおま×こで、智司さんをすべて包んであげるわ」

「ああ、瑠璃さん」

智司は瑠璃の尻たぼをつかむと、びんびんのペニスを、由衣の目の前で入れていった。ずぶりと突き刺さり、そのまま奥まで入れていく。

「ああっ、どうかしら、瑠璃のおま×こ」

瑠璃が聞いてくる。

「気持ちいいですっ。最高ですっ」

「最高ですってよ」

瑠璃が由衣を見る。

「きついのは由衣よっ、瑠璃姉さんっ」

由衣も立ちあがり、瑠璃と並んでキュートなヒップを突きつけてくる。そして、尻たぼに手を置くと、瑠璃をまねて開いていく。だが、女になって日が浅い割れ目は、ぴっちりと閉じたままだ。おま×こで誘うことができていない。

「おま×こ、見えていないよ」

と言って、智司は瑠璃の媚肉を突いていく。

「あ、ああっ、いいっ、おち×ぽいいっ……ああ、瑠璃だけを、突いてっ。瑠璃だけにずっと入れていてっ」

瑠璃が歓喜の声をあげる。由衣の存在が、瑠璃の身体に火を点けていた。

「ああ、由衣のおま×こも見てっ、智司さんっ」

由衣は尻たぼから手を離し、割れ目に触れると、じかに開いていく。

智司の前に、花びらがあらわれる。可憐《かれん》な花びらだ。まだまだ、無垢な匂いが残っている。

「ああっ、今、由衣のおま×こ見て、大きくなったのねっ」

瑠璃が叫ぶ。

「えっ、そうなのっ。智司さんっ、由衣のおま×こがいいのねっ。さあ、入れてっ、はやく入れてっ、智司さんっ」

可憐なピンクの花びらが、誘うように蠢いている。まだ、智司のち×ぽしか入っていない、智司のザーメンしか浴びていない花びらだ。

智司は瑠璃の中から抜こうとした。すると、

「だめよっ」

支店長口調で命じ、放すまいと強烈に締めてくる。

「う、ううっ」

智司はうめく。

「はやく、出してっ、はやく、入れてっ」

智司は瑠璃から抜いていく。

「だめっ、抜かないでっ」

瑠璃が叫ぶなか、智司はペニスを引き抜いた。瑠璃の愛液で先端からつけ根までぬらぬらだ。それをすぐさま、ピンクの可憐な花びらに向けていく。

ずぶりと突いた。窮屈な穴にめりこませていく。

「いいっ」

一撃で、由衣が歓喜の声をあげる。由衣は由衣で、瑠璃の存在に昂っているのだ。

智司はキュートな尻たぼをつかみ、激しく突いていく。

「いい、いい、いいっ」

由衣のよがり声が、夜空まで響きわたる。

「なにしているの、智司くん。クビになってもいいの」

瑠璃が妖艶な眼差しを向けて、そう言ってくる。

「いやですっ、クビはいやですっ」

「じゃあ、上司のおま×こに入れなさい」

「はいっ」

平社員気質をくすぐられ、智司は上司に入れるべく、由衣からまた抜こうとする。

「だめよっ、ずっと由衣に入れていてっ」

由衣も締めてきた。ただでさえきつきつのおま×こが、万力のように締まり、智司はうめく。

「ああっ、ち×ぽがっ。食いちぎられるっ」

「いいわっ。食いちぎるわっ。そうしたらずっと、智司さんのおち×ぽ、由衣の中よねっ」

「う、ううっ」

智司は真っ赤になっている。

「どうやら、クビになりたいようね」

「いやですっ。ずっと支店長の下で働きたいですっ」

そう叫び、きつきつのおま×こからどうにか抜いた。長女の愛液が、すっかり三女の愛液に塗りかわっている。再び、瑠璃の中に入れていく。

「ああっ、いいっ」

瑠璃もひと突きで喜悦の声をあげ、立ちバックの裸体を震わせる。

「あんっ、もうっ」

またも抜かれた由衣が、頬をふくらませて、智司と瑠璃をにらむ。

「ああ、出そうですっ、また、出そうですっ」

「いいわっ、このまま出しなさいっ」

「だめよっ、由衣に出すのよっ」

「ああ、ああっ、出るっ」

と叫びつつ、智司は瑠璃の女穴から抜き、あわてて湯船から出た。勢いよく、ザーメンが宙に向かって飛んだ。

どちらの穴だけにするか、智司は決められなかった。

6

夜中、ダイニングで寝ていると、股間がむずむずした。

はっとして股間を見ると、菜々美が美貌を埋めていた。菜々美は裸だった。

「菜々美さんっ」

「さっき、瑠璃姉さんと由衣とで秘湯に行って、ヤッてきたんでしょう。私も行きたかったけど、ペンション空けるわけにいかなくて、ひとりで悶々としていたのよ。私だけ置いていくなんて、ひどいわ。そうでしょう」

と言うと、ぱくっと先端を咥えてくる。

「あうっ……」

菜々美の濃厚フェラに、智司のペニスは瞬く間に大きくなる。

「ああ、すごいわ。さっき、瑠璃姉さんと由衣相手に出しまくってきたんでしょう」

びんびんになったペニスをしごきつつ、菜々美が感心したように言う。

「出しまくってなんかいませんよ」

「うそばっかり。瑠璃姉さんと由衣相手に３Ｐしたんでしょう」

「してませんっ。秘湯に浸かっただけです。だから、こんなに勃起しているんですよ。出しまくったら、勃ちません」

「そうねえ……」

菜々美が、再びしゃぶってくる。うんうん、うめきつつ、美貌を激しく上下させる。

貪るようなフェラだ。

「ああ、ひとりでペンションにいると、ああ、無性におち×ぽが恋しくなるの。智司さん、ペンションに住まないかしら」

「えっ」

「ペンションから通えばいいわ。毎晩、エッチできるわよ」

それは魅力的な話だったが、片道一時間半かかる。だが、東京にいたときも、通勤に五十分くらいかかっていた。こちらは菜々美がついてくるのだ。

でもそうなると、もう瑠璃や由衣とはエッチできなくなる。

「あら、ちょっと萎えてきたわね。私と毎晩エッチはいやなのかしら」

「そんなことは、ありませんっ」

「当然よね。毎晩したいわよね。毎晩、こうやって……」

と言いながら、菜々美が裸体を起こし、智司の股間を白い太腿で跨いできた。ペニスをつかみ、固定させると、腰を落としてくる。

あっという間に、鎌首が熱い粘膜に包まれる。本当にあっという間だ。三十年の間、遠かったおま×こに、今は、すぐに入れることができている。

「ああっ、硬いわ」

「瑠璃さんと由衣ちゃんに出してないって、わかるでしょう」

「ああ、そうねえ……」

根元まで完全に呑みこむと、菜々美が腰をうねらせはじめる。

「いいわ……ねえ、引っ越してきて……料理に温泉、そして、おま×こつきなのよっ……ああ、迷うことなんてあるのかしら」

のの字にうねらせながら、菜々美がそう言う。上体を倒すと、おっぱい揉んで、と言ってくる。

智司は両手を伸ばし、菜々美の乳房を掬うようにつかむ。そして、こねるように揉んでいく。

「ああっ、いいわっ」

「声、大きいですよ。お客さんに聞かれますよ」

「ああ、そうね。それはだめよっ」

と言うと、菜々美がキスしてきた。唇を強く押しつけつつ、繋がっている股間を上下に動かす。

「う、ううっ、ううっ」

火の息とともに、大量の唾液が注ぎこまれてくる。

智司の視界に、すらりと伸びたナマ足が映った。由衣だった。タンクトップだけで迫ってくる。タンクトップの裾は短く、恥部は隠せていない。

「うう、ううっ」

口とち×ぽを塞がれたままの智司の真横に座ると、

「ずるい」

と言って、頰にキスしてきた。

妹が姿を見せても、菜々美はベロチューしつつ、腰をうねらせつづけている。口もち×ぽも妹にはわたさないという強い意志をおま×こに感じる。実際、由衣が姿を見せて、さらに締めつけがきつくなっていた。

「由衣もチューしたい」

と言ってくる。息継ぎをするように、菜々美が唇を引くなり、さっと智司の唇を奪ってくる。

「智司さん、ペンションから市内に通うことになったから」

菜々美が言う。

「えっ、うそっ」

由衣が目をまるくさせる。

「ペンションだと、食事、秘湯にエッチがつくの」

菜々美が自慢げにそう言う。

「智司さん、うちのマンションに越してきてっ。食事もエッチもつくからっ」

由衣が叫ぶ。

「声が大きいよ」

「ごめん……うちのマンションのほうが、会社からも近いよ」

「そもそも、支店長といっしょに住むなんて、無理だよ」

「そんなことはないわ」

瑠璃の声がした。絖白い足が、智司の視界に入ってくる。

「あっ、うそっ、瑠璃姉さんが来ただけで、大きくなった」

と、菜々美が言う。

「私のマンションに住みなさい、智司くん」

そう言いながら、瑠璃は裾の長いTシャツを脱いでいく。瞬く間に、素っ裸だ。

「でも、支店長と部下が……いっしょのマンションなんて……」

「いいわ。支店長の私が許可するから」

と言うと、智司の真横で四つん這いになり、こちらに双臀を向けてきた。

「あなたたちも、お尻を出しなさい。智司さんに決めてもらうから。最初に入れた穴の部屋に引っ越すのよ」

瑠璃が言った。

「そんなっ」

智司は驚くが、わかった、と菜々美は素直に腰を上げていく。根元まで包んでいた菜々美の穴が上がっていく。

「あう、うう……」

イキそうな表情になりつつ、菜々美が立ちあがった。そして、瑠璃の隣で四つん這いになり、むちっとした尻を差しあげてきた。

「なにしているのっ。由衣っ、あなたもよっ」

瑠璃が言い、はいっ、と由衣もタンクトップを脱ぎ、生まれたままの姿になると、四つん這いになっていった。

真ん中が、瑠璃の双臀。その左が菜々美の尻で、右が由衣のヒップだ。

三つの尻が並び、入れてと差しあげられている。壮観な眺めだ。

「あの……決められません……」

三人の穴すべてに入れたかった。瑠璃とも菜々美とも、そして由衣ともエッチしたかった。

「決めるのよ、智司くん」

瑠璃が支店長口調で言う。智司はこの口調に弱い。ついつい、はい、支店長っ、と従ってしまう。

智司は瑠璃の尻たぼをつかむ。

「えっ、うそっ、菜々美じゃないのっ」

次女が驚きの声をあげ、こちらを見て、なじるように見つめる。その妖しい眼差しに引かれ、瑠璃の尻たぼから手を引くと、菜々美の尻たぼをつかんでいく。

「えっ、由衣でしょうっ。由衣のおま×こがフレッシュだよっ。智司さんのおち×ぽしか入っていないんだよっ。由衣に決まっているでしょうっ」

三女がこちらを泣きそうな顔で見つめている。

そのつぶらな瞳に引かれるように、智司は菜々美の尻たぼから手を引き、由衣のヒップの前に移動する。そして尻たぼをつかみ、開いていく。

由衣の割れ目が見える。

確かに、この割れ目には俺のち×ぽしか入っていない。由衣のおま×こに、これからも入れつづけるのがいいのか。

いや、待てよ。由衣のマンションで暮らすということは、瑠璃のマンションで暮らすことを意味している。

さっきの秘湯での恥態が智司の脳裏に浮かぶ。

美人姉妹相手の夜ごとの３Ｐ三昧！

魅力的すぎるっ。でも、やっぱり支店長といっしょに住むのは、まずいんじゃないのか。さらにどこかに転勤となるのはいやだ。

「もうっ。決められないのね」

瑠璃が四つん這いのかたちを解き、智司の股間に美貌を寄せてくる。

「すいません……」

謝る智司の鎌首をぞろりと舐めてくる。

「あっ……」

腰を震わせる智司の股間に、菜々美と由衣も美貌を寄せてくる。菜々美が横から胴体を舐め、由衣が垂れ袋に舌を這わせてくる。

「ああっ、ああっ……」

智司の股間に、三姉妹の美貌が集まっている。どろりと先走りの汁が大量に出る。すると、それを舐めようと、三姉妹がいっせいに舌を鎌首に差し伸べてくる。

瑠璃、菜々美、そして由衣の舌が、鎌首の上で触れ合う。だが、三姉妹は構わず、我慢汁を競うように舐め取っていく。

「ああ、ああ……瑠璃さん……菜々美さん……ああ、由衣ちゃんっ」

我慢汁がどんどん出てくる。止まることがない。

「誰にするのかしら」

瑠璃が聞いてくる。

「あ、ああっ、出ますっ、ああ、出ますっ」

智司は三姉妹の美貌に向かって、ザーメンをぶちまけた。

「おう、おうっ」

雄叫びをあげて、射精する。

それは勢いよく、瑠璃、菜々美、由衣の美貌にかかっていく。

誰ひとり、避ける者がいなかった。三姉妹とも、うっとりとした顔をして、智司のザーメンを、よく似た美貌に浴びつづけた。

◉新人作品**大募集**◉

マドンナメイト編集部では、意欲あふれる新人作品を常時募集しております。採用された作品は、本人通知のうえ当文庫より出版されることになります。

【応募要項】 未発表作品に限る。四〇〇字詰原稿用紙換算で三〇〇枚以上四〇〇枚以内。必ず梗概をお書き添えのうえ、名前・住所・電話番号を明記してお送り下さい。なお、採否にかかわらず原稿は返却いたしません。また、電話でのお問い合せはご遠慮下さい。

【送付先】 〒一〇一-八四〇五 東京都千代田区神田三崎町二-一八-一一 マドンナ社編集部 新人作品募集係

秘湯《ひとう》の巨乳三姉妹《きょにゅうさんしまい》 魅惑《みわく》の極上《ごくじょう》ボディ《ぼでぃ》

二〇二二年 六月 十日 初版発行

著者◉鮎川りょう【あゆかわ・りょう】

発行◉マドンナ社
発売◉二見書房
東京都千代田区神田三崎町二-一八-一一
電話 〇三-三五一五-二三一一（代表）
郵便振替 〇〇一七〇-四-二六三九

印刷◉株式会社堀内印刷所 製本◉株式会社村上製本所 落丁・乱丁本はお取替えいたします。定価は、カバーに表示してあります。

ISBN978-4-576-22072-7 ◉Printed in Japan ◉©R.Ayukawa 2022

マドンナメイトが楽しめる！ マドンナ社**電子出版**（インターネット）……https://madonna.futami.co.jp/

Madonna Mate